乐嘉性格色彩情感随笔

有一种约定无须记怀

乐嘉 著

序

不谈甜蜜，只谈痛苦

这部书稿改好的那天，我发了条微博庆祝，原话是："写书写到身残志坚，终告一段落。从武夷山写到死亡谷，从马桶上写到土炕上，原本是整理以前的专栏，不想，写着写着写多了。虽然这个世上再没有比写书更苦更伤男人命根的活儿了，但略感自豪的是，这里头说的事道的理，我知道，到玄子玄孙那辈也还能用。"其实真相并没我描述的那么苦，因为处理本书文字的过程还算是件有趣的事儿，这使得肉体的苦痛变成精神的享受，感觉并不那么困难。

出于对本书杀伤力指数的好奇，我完成书稿后，专门花了一个月把身旁各种类型的小白鼠悉数调动起来试读，品种包括惯性离婚者、恋爱白纸者、七年之痒者、貌合神离者、为人父母者、丁克不婚者、新婚宴尔者。为了使得书中的道理得到更广泛的验证，这群人涵盖了大叔和萝莉、熟女和小清新、女神和宅男……我诱惑他们从书中的各专题里选出读后最有共鸣的文字并吐露心声，当有相当多的小白鼠告诉我读后像吃了"便秘灵"，突然身心通明，那一刻，我伸了个超级懒腰，舒了口大气，知道这些文字终可见人了。

这本书，体裁用的是我喜欢的随笔，信马由缰，不拘长短，有话则说，无话则停。对于不同的问题，切入角度有所不同。有些文章，明确列出了解决问题的具体方法，也就是性格色彩的钻石法则，比如《推动男人的火候》；有些文章，侧重读心，展示如何真正站在别人的角度看问题，读懂对方隐秘的内心，比如《爱是什么玩意儿》；有些文章，为了让初学者一看就懂，明确地把四种不同性格的不同反应全列上，这样就可通过横向对比迅速了解性格色彩，比如《和我一起老死丽江》。事实上，我见的人越多，听到的故事越多，越清楚地知道，世人的问题无外乎红蓝黄绿。

这本书，绝不可能解决你在情感中遇见的所有问题，而且也许书中某些问题和你终此一生都不会有交集。如果你的确每个问题都碰到，只能说你的人生是多么悲催，当然你该恭喜自己人生是多么丰富。

　　这本书，不谈卿卿我我的甜蜜，只谈风花雪月的苦难。不管你的苦难是来自对方的怀疑、误会、发疯、猜忌、跟踪、控制、沉默、冷淡、自我、变心、对抗、暴力，还是第三者的介入、父母的插手，本书都有涉猎。唯有苦难总是伴随着你我的成长，人生有一次苦难很正常，经常有新的苦难也很正常，但如果你总在同一种苦难中栽跟头，就自作孽，不可活了。我希望这本书能帮你打开看人的另一个角度，让你探清更深邃的人心与人性。假设本书中能有一篇文章让你寻找到当前大惑的解决之道，于你，善哉，于我，足矣。

　　每个人都会因自己的爱心生苦恼，所以，在你关心国家大事和关注普世大爱的同时，请你也认真关心下自己的爱！关心你是否明白你爱的人到底在想些什么，关心你一直以来爱的方式是否正确，关心你爱的人是否真的接受了你努力给出的爱。如果你从未认真检视过这些问题，就在此刻，开始。

乐嘉

某年某月某日　于大理

目录

猜不透的男女 ············001
- 偷看手机的女人 ············002
- 监控你的男人 ············012
- 定心丸 ············026

过把瘾就死 ············035
- 一起还房贷 ············036
- 和我一起老死丽江 ············042
- 爱是什么玩意儿 ············048

男人的火候 ⋯⋯⋯⋯⋯⋯⋯⋯⋯⋯⋯⋯⋯ 055
- ◆ 消费男色注意事项 ⋯⋯⋯⋯⋯⋯⋯ 056
- 好女孩，坏女孩 ⋯⋯⋯⋯⋯⋯⋯⋯ 070
- 推动男人的火候 ⋯⋯⋯⋯⋯⋯⋯⋯ 078

有一种爱很难 ⋯⋯⋯⋯⋯⋯⋯⋯⋯⋯⋯ 087
- ◆ 有一种爱很难 ⋯⋯⋯⋯⋯⋯⋯⋯⋯ 088
- 强爱之下，岂有完卵 ⋯⋯⋯⋯⋯⋯ 103
- 最亲的人，最真的话 ⋯⋯⋯⋯⋯⋯ 110

擦肩而过 ⋯⋯⋯⋯⋯⋯⋯⋯⋯⋯⋯⋯⋯ 115
- ◆ 折腾和体验 ⋯⋯⋯⋯⋯⋯⋯⋯⋯⋯ 116
- 其实你就是在逃避 ⋯⋯⋯⋯⋯⋯⋯ 122
- 你怎么可以不爱我 ⋯⋯⋯⋯⋯⋯⋯ 129
- 有一种约定无须记怀 ⋯⋯⋯⋯⋯⋯ 138

跋　谈谈情，说说色 ⋯⋯⋯⋯⋯⋯⋯ 145
附录：乐嘉性格色彩说明 ⋯⋯⋯⋯⋯ 150

猜不透的男女

很多人都经历过这样的场景：两人明明相爱，也有强烈的愿望比翼双飞，却都期望对方先说出那句决定终身的话，谁都不肯先上前一步。事实上，只要捅破那层纸，万事圆满立地成佛，可惜世上最远也最近的距离，始终无法跨越。

偷看手机的女人

不管你看或不看，偷看手机并不能阻止你不喜欢的事情发生。"聪明的女人不问过去，宽容的女人不问现在，豁达的女人不问将来。"对于不同性格的男人，如何走进他们的心，与他们相爱一生，他日另起一书阐述。偷看手机无疑是下下策。

收到一封信，来信者是位年轻的妻子，两年前她查看老公手机，发现一堆诸如"我好想你""宝贝吃饭了没有"之类的暧昧短信，有来有往。那一瞬，她的心都凉了。一场大闹之后，老公答应同对方断绝来往，也真的做到了。两年来，她时刻怀揣着不安，不时想起这些短信，它们仿佛潜伏在暗夜的幽灵，并未真正消失，随时都会卷土重来。两天前，她随手又拿起老公的手机翻看，又看到更让人手脚冰凉的内容，对方说了无数色欲缠身的话，老公只回了句"到家了，不方便说，回头联系你"。她偷偷找人打了老公的话费单，近一个月，他每天和这个号码通话，每次通话都超过一小时。证据确凿，追问之下，老公坦承已有了外遇，还说外遇对象如何如何主动，撩人性感，火力实在太猛，所以他才管不住自己的小鸡鸡。痛苦的妻子不知如何是好，写信给我求救。

从来信者的性格判断，她应是典型的红色性格。这位红色的妻子，起初偷看老公短信，是按捺不住好奇，看到不该有的东西时，马上发作，宣泄情绪，但红色心软，很快原谅了对方，却没去深究这个现象发生的背后原因。当短信再度袭来，她陷入更加严重的情绪化，迷茫无边。

其实，红色妻子的问题在于，她忍不住要看，却又无力承担最坏的结果。在她参加了性格色彩基础课程后，深入了解了自己的性格，学会用积极的方式影响老公，两人皆大欢喜。

◆ 偷看丈夫手机的妻子的性格及心态

红色

四种性格类型中，最容易干出偷看另一半的短信、微信或其他聊天消息的人是红色性格。即使在对方没有出轨迹象时，红色也常会出于好玩和好奇的心态而去看看，"好奇害死猫"说的就是典型红色。当婚姻生活趋于平淡时，天性不甘平淡的红色会弄点事情出来搞一搞闹一闹，让生活变得有点刺激。有些红色，也会偷偷地用另一半的账号登录社交软件，模仿本人跟另一半的通讯录上自己怀疑的某些人聊上几句，除了看看他有没有不轨，也体验下换个角色跟人对话的趣味感。有些红色会当着伴侣的面说"手机拿过来给我看看"，其实是一种撒娇，目的是从对方的妥协中感受对方对自己的在乎。不幸的是，对于所有的出轨事件和疑似出轨事件，承受力最弱的也是红色。

一位自认为与老公处于"连体婴"状态的红女给我来信说：

虽然不知道你能不能读到，我想和你分享一点关于信任的个人看法。

你说，如果两个人完全没有私人空间，会很难相处，我不赞同。我想说，这完全取决于个人的观念，不能一概而论。有些男人很在意自己的私人空间，表面上在意的是自由，其实是因为相互无法完全理解。在这样的状态下，而要求另一方完全凭感觉去信任，是不现实的。我能理解这个社会有很多人在这么做，是因为不得不妥协。很多女人痛苦于无法进入对方的世界，又不得不给他空间、迁就他。如果两个人相互理解，有同样的世界观和行为方式，就不会出现信任问题。当男人要求隐私的时候，99%他所想要隐藏的内容都是怕自己的女人看到的。

简单地说，男人如果要求私人空间，女人如果很想去查对方的手机，这种关系本身就已经是失败的了。这个世界诱惑那么多，女人的安全感是从男人的行动来的，当你不介意把手机放在她手上的时候，她才会踏踏实实把心放在你手上。

PS：我的情况可能很极端。我和老公在一起4年了，两个人对彼此没有任何秘密。同一个问题，你问他跟问我可以得到同样的答案，所以手机换着用也没有关系。他就是我，我就是他。

这位自认为"很极端"的红女在人生中听到的故事可能不太多，其实，这里有两种可能：一种是她老公和她一样是天真单纯的人，他们幸福美好地生活着；另一种可能是她老公比她段位高许多，可以不被她抓到任何把柄。这种处于完全信任放心状态的红女，一旦发现老公有外遇，晴天霹雳将导致她心态崩溃。

蓝色

换成蓝色，一般情况下不会去侵犯另一半的隐私，因为蓝色自己对于隐私也非常注重,甚至会养成删手机短信和销毁私人信件的习惯。在这点上,和很多红色的做法不一样。我认识的很多红色,有时明明知道保留着那些私密信息可能会有无限麻烦,但还是觉得把耳鬓厮磨之语和勾起欲念之图删掉,太过可惜,最终不幸毁于自己的侥幸心理。所以说,要想做贼,还是要学蓝色,手脚要干净,别弄出什么把柄,偷鱼别弄出腥味。

如果蓝色要看另一半的短信,那势必是她已经开始察觉到异动了,只要她的怀疑还没有消除,一次看不到,第二次还会再看。一旦发现有暧昧短信,她不会马上质问对方,而是冷眼旁观。当蓝色决定向另一半摊牌时,她已经握有足够的证据,并且已经反复考虑衡量过说出这件事对方会有什么样的反应,甚至连下三步该怎么做都已想好了。

黄色

黄色女性强势果断,以目标为导向。她们很清楚自己要什么。好比希拉里,面对老公的出轨,再怎么痛苦,仍旧理性地选择了让婚姻继续,并维持和老公的政治同盟。她没有像红色那样控制不住情绪,对媒体说不该说的话。对外,她始终控制着自己,永远保持优雅和得体的公众形象,唯有基于对后果的充分认识和内心足够坚毅,才有可能做到。

朋友中有位黄色女性，当她发现老公有外遇时，先通过各种渠道搜集了足够的证据，但并未摊牌。用她的话说，当她刚发现苗头时，内心确有不安，但当证据都攥在手里时，反而踏实了，因为事件的发展和结果已在她掌控之中。"为了女儿，我不会离婚。如果将来他提出离婚，我可以把证据拿出来，让全世界都知道是他犯了错，争取我应得的权益；也让女儿知道，是她爹的错，让女儿向着我。"

黄色查与不查，取决于她的目标是什么。如果目标是维和维稳，则她能忍辱负重；但如果她认为跟这个男人的婚姻已经不重要了，则会采取更加直接利落的做法，快刀斩乱麻，了断便是。

一位性格色彩授证咨询师遇到了这样一个黄色性格的来访者：

叶子在南方一个经济较发达的中型城市某公司任副总，几番辗转找到了我，说是近来睡不好，老失眠。在心理咨询里面，失眠本身不算心理问题，隐藏在失眠背后的原因，则有着巨大意义。随后，叶子开始了她漫长的讲述。于是一个黄色性格的叶子和她那绿色性格的老公A君的故事开始渐渐清晰起来。

黄色的叶子很强势，她可以一个人带孩子，上学、看病、买教辅……在整个生活领域里面，罕见A君的踪影。叶子开始慢慢觉得老公是可有可无的，婚姻也是可有可无的，所以更加专注于自己事业上的发展。而 A 君长期在一个当地的中学教书，十年如一日，没有变化，这在黄色的叶子眼中，是不求上进的表现。A 君渐渐感到在生活中的虚无感，此时正好当年的初恋情人找上门，要和他重归于好，甚至一度以自杀来威胁 A 君。A 君由于性格软弱，束手就擒。

叶子从不查老公的手机，因为她认为"你不可能再找到一个像我这么好的女人"。偶然一次看到手机短信，发现迹象后，开始调用一切关系，从市公安局的朋友那里，拿到了老公的开房记录、通话记录以及 QQ 聊天记录。一时间证据确凿，仿佛一场大战就要爆发，但她却按兵不动。因为叶子是个理性的女人，她深知为了这件事闹得家宅不宁，对自己没有任何好处。并且，她反复问自己到底要不要这个老公。

经过咨询，叶子了解了自己的性格，也理解了老公的性格，她不再觉得老公是可有可无的，而是能真正欣赏绿色老公身上的优点。于是她发挥黄色性格的优势，找到小三摊牌谈判，摆事实讲道理，小三被她的镇定给震慑了。与此同时，绿色老公越来越感觉到自己离不开这个自信坚定的老婆。经过长时间的拉锯战，叶子赢回了老公的心。

黄色在情感中最大的优势是毫不情绪化，最大的问题是太理性。黄色女人不会也不屑于为了一条短信、一个眼神折腾，但正因如此，她们的男人从她们身上得不到"做男人"的感觉，只能被迫向外寻找这种感觉。好在她们不缺目标不缺方法，也不缺少坚持，把婚姻当事业来经营，如果真能善用性格色彩，懂得对方在想什么，所有的付出终会有回报。

绿色

最后来说说绿色。绿色女性从不看老公的短信，她们是那么平和、无所谓和安于现状，几乎没有什么事情在她们的字典里是天大的事。她们不会主动怀疑老公出轨，即使闺密告诉她们："哎，你知道吗，昨天我看见你老公跟另一个女人逛百货商场。"她们也会无动于衷地说："噢，是吗？可能他是在陪客户吧。"绿色不想给自己没事添堵，平添麻烦。这种性格最大的坏处是可能让她们的老公觉得太平淡，生活毫无变化和激情；最大的好处是会让伴侣因此而感到婚姻是那么稳定，的确是踏踏实实过日子的最佳拍档。从另外一个角度来讲，伴侣在外动静搞得太大后，最能宽容和不计较的也是绿色。

◆ 不同性格的老公被偷看手机后的心态

红色

"被偷看"会让红色性格的老公觉得自己不被信任,一般都会不爽,甚至愤怒。如果夫妻感情还处于蜜里调油的热恋阶段,不会太计较;如果已经在有些矛盾冲突的摩擦期,"被偷看"可能会成为夫妻大吵一架的导火索。如果红色老公的第二色是黄色,这种愤怒会升级,上升为"不信任我+不尊重我=不值得我爱"。

蓝色

蓝色性格凡事思大于行,很多生活细节上的冲突都会成为蓝色后来长期埋藏的心结,"偷看手机"会让蓝色老公重新检视自己与妻子相识、相恋、结合的全过程,把过往经历中细小的不和谐拿出来放大,虽然他嘴上不说,心里却多了层隔膜。如果你想给你们的夫妻关系埋地雷和无期限炸弹的话,那就偷看吧。

黄色

"偷看手机"在黄色性格看来属于非常小儿科的行为,即使你看到了什么,黄色也有本事把黑的说成白的。何况黄色就算跟你谈恋爱时也不发缠绵短信,你指望能在他手机里看到啥?冒这种无谓的险，何苦？

绿色

绿色性格宽容平和，足以包容比"偷看手机"劲爆许多倍的事。如果你的另一半是绿色，就放心大胆地偷看吧，怎么看他也不会生气。话说回来，如果这样的话，你又何必偷着看呢，当面看岂不更好？

总之，不管你看或不看，偷看手机并不能阻止你不喜欢的事情发生。"聪明的女人不问过去，宽容的女人不问现在，豁达的女人不问将来。"对于不同性格的男人，如何走进他们的心，与他们相爱一生，他日另起一书阐述。偷看手机无疑是下下策。

监控你的男人

有些性格的男人的确容易没安全感,对情感的体验也更黏、更细、更作、更折腾。别大呼小叫,你必须承认并接受这个现实,"黏"和"作"不是女人的专利,它跟性别没有必然关系。只是"男人"这个称谓,以及他从小到大所受的教育,家庭、学校、职场对他的期待,让男人和女人以为,男人"不能小心眼","不能不像个男人"而已。

和茉莉一起用午餐,她手机响不停,从应答判断,来电者是同一人。那人反复追问她的行踪,脾气超级温和的茉莉每次都好言相慰。我调侃她:"你这男人如此麻烦,休了也罢。"她很无奈。

对方是她新认识的男友,极没安全感,总担心她和别的异性接触。有一次开会,半天没接到电话,打开手机,八十多个未接来电。幸好茉莉是绿色性格,对啥都无所谓,每次盘问,都会耐心回答,努力消除对方心中的疑惑。若是换了红色性格中的安静者,心里定会有丝丝屈辱感:既然你如此不信任我,总怀疑我和其他男人藕断丝连,那为何还要喜欢我?若是换了红色性格中的火暴者,想我啥事都没有,你还每天疑神疑鬼,于是怒从心中起:你胆敢不相信老娘?我就偏偏搞点名堂给你看!

相隔不久,在节目上接二连三地看到几个男人上来都说"不希望女友和前男友有任何联络,只通电话也不行""最好女朋友出去跟朋友玩时能带上我""我经常对女友不放心,有时会查她手机和聊天记录"。为何这些家伙,如此不放心自己的女友呢?想起从前一个女友的前男友就是属于这种类型,连上厕所都要跟着,每天不定时查岗,问人在哪儿、在做什么、和谁在一起,并且还让旁人接电话证明,手机里的每个姓名都要核实,问清楚是什么背景什么关系。有天冤枉了女友,半夜不停地给女友打电话解释,没接就发长篇微信,哭诉自己小时候没妈啊,如今的一切都是自己努力得来的啊,所以人生没有安全感啊,不喜欢别人碰自己的东西啊,你要理解我啊,我是爱你的啊云云。

不过,上面这些男人都属于丝毫不会掩饰,水平较次的,结了婚的男人通常不用这样的套路。某电视台的当家花旦,每次出差,她老公都送到机场,一趟不落,明面上是做司机,其实是看哪些人和她一起走。每次一看见是个年纪比花旦大的女编导,就放心了,说:"那我就把俺家×××交给你了,你要帮我照顾好她啊。"但如果不是这位女编导跟去出差,就会想方设法动用一切力量,找个相对安全的女同志,让她和老婆同房,说帮忙照顾他老婆,并且不停地强调自己的老婆是一个特别天真的女孩,不谙世事,很容易被骗,所以需要保护。这种,就是婚后没安全感男人的经典套路。

所以,有些性格的男人的确容易没安全感,对情感的体验也更黏、更细、更作、更折腾。别大呼小叫,你必须承认并接受这个现实,"黏"和"作"不是女人的专利,它跟性别没有必然关系。只是"男人"这个称谓,以及他从小到大所受的教育,家庭、学校、职场对他的期待,让男人和女人以为,男人"不能小心眼","不能不像个男人"而已。

关于情感中的占有欲,不同性格的人差别很大。某些性格的人对自己的另一半有强烈控制欲,希望独占;但某些性格的人占有欲很弱,也压根没那么敏感。以下是四种不同性格色彩的男人发现另一半"有异常情况"时的反应:

红男

渴望得到伴侣每时每刻的关注。当伴侣忙于跟朋友交际时，会感到被冷落，进而产生怀疑："她还爱我吗？"

红色"作"男，会像女人那样一遍又一遍地问女友："你爱我吗？""你觉得我有哪些优点？""我怎么感觉不到你喜欢我呢？"红色男人的"羡慕嫉妒恨"，让人感到麻烦的同时，也增添了意想不到的情趣，彼此之间的情感随着反复的折腾而升级，愈演愈烈，正如下面这个家庭中不时会上演的故事：

某晚，希拉趴在电脑前，克林在旁晃荡了一阵后，终于忍不住说："到卧室来吧，别在客厅了。"

希拉看着电脑，头也没抬："我在跟同事讨论工作，很快就好。你先进去，我聊完就来。"

克林毫不气馁："进来聊不是一样吗？我不会吵你的，你聊你的，我上我的网，进来吧。"

希拉头也不抬："很快就好。"

克林大声嘟囔道："这么晚还和同事聊工作，有什么好聊的呀，你同事该不会对你有意思吧！"

希拉干脆不理，继续打字，不再说话。

这让克林气不打一处来，抓起餐桌椅猛地一摔，"啪"，地板居然砸出个小坑。希拉抬抬眼皮，不屑地看了看这个男人，继续埋头。克林在这种眼神的刺激下，仿佛受了莫大的侮辱又无处宣泄，只能再次举起刚买回的一箱牛奶，继续狠命地砸向地板。牛奶四溅！希拉知道自己今儿个再也甭想工作，拿起车钥匙，语气低沉地扔了句"我出去逛一下"，就若无其事地出门了，留下克林独自浑身发抖。

当希拉准备发动车子时，发现克林用了拿手的苦肉计，裹着单薄的衬衫瑟瑟发抖地挡在车前。这让希拉略有不忍："上车来吧，别站在风里。"克林依旧执拗地站着，眼泪汪汪地挡在前面。希拉很清楚自己是走不掉的，于是跳下车，把钥匙扔在车上，说了句："你上车坐着吧，外面太冷。"转身回到楼上。

希拉跑到七楼家门口，发现没带钥匙进不了门，干脆走下一层等在七楼过道。从窗口看下去，刚好看到克林正锁上车门匆匆往楼里跑，想来他一定是坐电梯直上七楼。之后的情节很像绕口令，整个过程希拉站在过道的窗口冷静地观赏。

克林发现希拉不在七楼，马上坐电梯回到一楼，跑去车上张望；克林第二次跑进电梯上到七楼，仍旧找不到希拉时，马上走楼梯一层层往下找，可他只在楼道里找，并没去到过道；等到克林找到四楼时，希拉早已回到七楼家门口。终于，克林在每层都没找到，又坐电梯回到七楼，一眼看到站在门口的希拉……看到的瞬间,克林冲上去一把紧抱住希拉,淌下热泪……

红色男人擅长上演苦肉计,总是扮演受害者的角色来博取怜爱与同情。

蓝男

蓝色男人追求完美和心灵深处的默契。不会直接问伴侣行踪,而是默默观察和分析,一旦发现蛛丝马迹也会按兵不动,继续搜集证据,直到有较大把握才会出击。一般到了蓝色男人开口提出自己怀疑的阶段,两人的关系怕是真的出了问题。蓝色男人的含蓄,会让另一半沐浴在安全之中。

丽丽和山姆的结合让朋友们大跌眼镜:丽丽容貌美艳,从小到大被无数男人追求;山姆其貌不扬,个头不超一米七,既不伟岸也不帅气。在朋友们好奇追问之下,丽丽终于说出两人恋爱的特别经历。

山姆认识丽丽时,丽丽正被一群热火朝天的追求者包围着,办公室里布满追求者的鲜花,每个礼拜都能收到各种类型的邀约。唯有山姆,不送任何华而不实的礼物,只是默默地细心观察,发现丽丽胃不好,就剥好桂圆肉装满一瓶,放在丽丽包里,供她随时吃了暖胃。最让丽丽心动的是，山姆明知道她有那么多追求者，但从不表露出任何不悦，即使他明知道丽丽在和他恋爱之后，还跟其他男人出去游玩，也没有说过一句话。相恋两年后，丽丽感到他太信任自己，和他在一起太有安全感了，主动问了一句："你觉得我们应该结婚吗？"他拿出早已准备好的钻戒，丽丽幸福得一阵眩晕。

婚后，丽丽安心做山姆的好妻子，再也不搭理那些追求者了。而当丽丽好奇地问："当初你真的一点也不介意吗？你是不是不在乎我呀？"山姆才告诉她，第一眼看到她，他就相信她会成为他生命中的唯一，至于一些狭隘的猜测及紧张，并不是没有，只是觉得如果流露或表现出来是一种羞耻的行为罢了。

事实上，蓝色对于自我形象的保护，有时高于对结果的重视。所以，他们绝少为了实现一个目标而做出很难堪的行为。

黄男

黄色男希望掌控整个局面而不是细枝末节。他们以大事为重，如果是伴侣与异性间偶发的小暧昧，黄色会采取有力措施制止，解决后不会再反复思量，给自己找麻烦。如果伴侣真的出了问题，黄色的报复心会产生可怕的力量。朋友小 C 给我讲的她和黄色老公之间发生的事情，让我明白黄色在恋爱中下盘有多么扎实。

C的老板是远近闻名的花心男人，总是找些机会向C大献殷勤。一次C的老公来接她下班，在办公楼下左等不来，右等也不来，办公楼里似乎人都走得差不多了，楼下只剩C的老板的大奔霸气地停在路中间。老公发短信给C，C告知在与老板开会，老公单刀直入问："他只留你一个人开会？"C说："是。"老公："他是不是借机调戏你？"C说："可能有这个意思，但我应付得来。"老公二话不说，噔噔噔上了楼，跟老板打了个招呼，就把C带走了。事后，老公通过自己的关系，找到C的老板的老板，把C调到另外一个更有发展潜力的部门，而C也不用再跟那个花心的老板打交道了，心里十分佩服老公的强悍。

当女人被异性的暧昧所困扰时，黄色男人犹如一尊天神般保护着你；但如果女人自己想要玩点小暧昧，黄色男人的监控会让她吃不了兜着走。L是一家男装店的美女老板，远近过路的男人为了看美女，也会有事没事来买两件T恤衫。L的老公是黄色性格，一开始没在意，后来偶然来店里，发现色眯眯的男人盯着他老婆看，而L也跟人有说有笑，并不戒备。黄色男人意识到危机之后，便十分关心地对老婆说，现在丢衣服的很多，店里总价几十万元的衣服，万一丢了就麻烦了，并主动去买了一个摄像头装上。L一开始很享受老公的"体贴",直到有一天无意中在老公书房的电脑里看到一个软件,是实时监控店里摄像头的,这才恍然大悟,原来老公监控的不是衣服,而是自己。

绿男

绿男几乎不太去注意伴侣是否有这方面的倾向。即使伴侣和异性接触较多,绿色也很少吃醋,他们直觉认为"不会发生什么大事的"。绿色的宽松平和让伴侣享受,也让伴侣觉得"他可能没有那么在意我"。往往等绿色发现问题时,伴侣已在另一个男人的怀抱中了。但也有一种可能,即绿男的"不战而屈人之兵"反而让伴侣心悦诚服。一位红女在来信中给我讲述了这样一个故事:

我和先生都是北京人,从恋爱到结婚六年,他没碰过我的电脑,没看过我的手机。我出去玩,他就问几点回家,很少问和谁一起。偶尔我说和某某同学(异性),他也会平和地说,好好吃,好好玩,从来没有吃过一次醋。

我很奇怪。我们俩其实条件很悬殊。他们家是农村来的,靠老爷子一点点退休金,维持最最简单的生活。他,成人大专学历,一个普普通通公益机构职员,月收入仅够吃饭。而我父母都是老师，爸爸转行经商让家里过上小康生活。我在一家外企做经理，收入虽然不是很高，但是经常出差，接触的人也都是传统意义上的优秀人士。我还非常进取，读研，学外语，学古筝，学声乐。他业余生活最大的部分就是看书。

我们俩感情非常好，结婚五年了，相亲相爱。我经常问他："我经常出差，见客户，见朋友，上学，我会遇到各种条件非常好的人，你都不吃醋？除了让我早点儿回家也不管我？你是不是不在乎我啊？"我以为他会说，他了解我想要的是什么。结果非常好笑，他说，大家都是成年人了。他就像一杯温水，恋爱没三个月就像是老夫老妻，没什么激情，也没有纠结，但就是让我离不开。

当男人为了女友和异性接触而小题大做无事生非时，不同性格的女人应对的态度也各不相同。

红女

一名记者曾借采访之便向我透露自己的情感困扰。他女友是位摄影师，大红色性格，美艳的调情高手。记者和女友在同一办公室工作，经常在工作时互相挑逗，其乐融融。而一旦爆发争吵，局面也会搞得不可收拾。后来一位小帅哥现身，追求他女友，总被拒绝,但从未放弃。为了这个小帅哥,记者多次和女友翻脸,要求女友不可跟他见面,接到对方电话必须立马挂断。红女一开始觉得这是男友爱自己的表现,所以很听话,但后来渐渐感到受束缚和不自由,开始反抗。反复数次之后,此事终成两人的硬伤,最终 game over。

红色容易情绪化,假如另一半不在意自己,完全随便自己怎么玩,红女会觉得"他不爱我";但如果另一半"监控"严密,红色追求自由的心态和情绪化一起发作,会闹出极大的矛盾冲突。

对于手机被查,红女一开始或许会强自忍耐,但最终忍不住走向爆发。一位正处在压抑中的红女给我来信,诉说苦闷:

刚和男朋友交往时他从不看我手机。但自从知道我和我上学时的初恋还保持联系以后,跟我大吵了一架,把我手机电话簿和QQ里,他认为我不应该联系的人统统都删掉了。就连跟我有业务来往的男业务经理他都删掉。在一起时,他经常随手拿过我的手机看我的短信,我很反感,接受不了他这么不信任我。我嘴上不说什么,但心里厌恶极了。有一次国庆放假,我在单位值班,他去找我,登上我的QQ,我瞟了一眼,发现他在查看我的聊天记录。当时我很生气,但是一想,如果我阻止,他会认为我心里有鬼，有什么不可告人的秘密，于是便随他看了。我们谈了三年，他查手机、查QQ从来没有发现我有什么问题，但是他现在还是一如既往，好像成了习惯一样。在他看来，好像查我的手机成了每天必修的功课。我心底非常痛恨他这样，甚至感觉他在侮辱我。

有时候我忍耐不下去时，会当面查看他的手机，我想让他知道被人查看隐私是多么让人反感，可是他根本不在乎，随我怎么看。我实在没有办法。有时候我们也吵架，我呵斥他竟敢不相信我，他竟然说："我查你手机怎么了？心里没鬼怕查吗？你都不相信你自己，还怎么让别人相信你？"我真的很头疼。我要和他分手，但是我又舍不得。

蓝女

性格色彩咨询师授证培训，在做案例分析时，问一蓝女："如果老公翻看你QQ、微信聊天记录，你会有什么反应？"蓝女苦思良久曰："此情况不可能发生。"问为何。答曰："我的QQ、微信从来都不保存聊天记录的，如有需要保留的工作信息我会另外保存。手机也是如此，每条短信阅过即删。"我们惊呼："难道你聊天时就想到预防后患吗？"她微笑不答。

蓝色凡事想"万一"，在"监控"尚未发生时，就"挥刀自宫"。蓝色女孩对自己的"监控"比别人对她的更严密，可谓滴水不漏。

黄女

同样的问题问黄女，回答又有不同。"如果男友担心你跟别的异性接触，翻查你的私人记录，你会怎么办？"黄女答："首先看这个男人对我来说重要不重要。如果是谈婚论嫁的人，说明我已经将他视为终身伴侣了，我的记录和私人物品都可以给他看，虽然我不喜欢这样，但为了消除我们之间的疑虑，达到增进信任的目的，我可以同意。不过，他也不一定敢这么做。偶尔做一次，我也就忍了。"

黄色是"抓大放小"的高手，当"监控"发生时，黄色首先理性冷静地想"这个男人还要不要"，确定目标后，直线朝着目标前进。

绿女

以文章开头的茉莉为例。男友开始对她不放心，是因为她的美貌，后来发现这姑娘心地如白纸，听话不乱动，让待家里就待家里，让不跟男人见面就不跟男人见面，你说啥就是啥，想找点调剂都难。

绿色心态平和，对"监控"也采取"随你怎么样"的态度，诗云："任尔东西南北中，咬定青山不放松；随便你想怎么样，我是怎样还怎样。"绿色采取的策略是以不变应万变，让监控者感到索然无味而自动放弃。

与男人相比，女人也会"羡慕嫉妒恨"，因为爱情中的占有欲与生俱来，不因性别不同而改变，除了绿色性格较为淡漠外，其余三种性格都不能免俗，在前文《偷看手机的女人》中已有详解。对于男人的不安全感，世人少有论述，故为此文。

定心丸

有时人们不愿意给对方定心丸式的承诺,是因为两性关系中,似乎有个魔咒,好像总是谁先承诺谁先死。一旦你先承诺了,后面不管发生什么,好像都是你的责任,因为是你当初说要"在一起",即便我也接受了,但以后的问题似乎不关我事。所以两个人谁都不愿先开口,谁都不想承担那份沉甸甸的责任。

很多人都经历过这样的场景:两人明明相爱,也有强烈的愿望比翼双飞,却都期望对方先说出那句决定终身的话,谁都不肯先上前一步。事实上,只要捅破那层纸,万事圆满立地成佛,可惜世上最远也最近的距离,始终无法跨越。

暮春午后，和一个兄弟喝酒，听他讲他那段逝去的情感。小子人在上海，女友在苏州，长期两地分居，在濒临最后抉择时，他没有开口说"你过来，我照顾你一辈子"，却期待对方开口说"我过来，跟你一辈子"，结果对方啥也没说。多年以后重逢，女友早已另嫁他人，她说，其实她期待的是这个男人可以先开口说前面那句话。这种期待，并非是指完全在经济、生活和情感上依赖对方，给对方造成很大压力，只是为了一个十足充分可以说服自己的理由而已！这样才可以给自己勇气下定决心——既然他承诺我一辈子，我就用三辈子的"好"回报他的勇气！

生活中，"做我女朋友吧""我们结婚吧"这类话，有时只需一句，便可表明决心，所有的困难都解决了，所有的问题也不再是问题。可为何一句话会那么难开口？大抵是因为双方心里没有足够的安定因素，惧怕分手的那天，对方会指责：就是因为你，一切才会开始，才会有了糟糕的结局。说来说去，都是一种很隐秘的小心——想逃避追责。

也许，你会觉得，这是不是只能说明他们不够爱呢？遗憾的是，事实并非如此。

想起这茬，是因为有个男孩公开了三段失败的恋爱史。最投入的一段是女友出国后，他多次飞到国外探望，末了，上演了求婚的浪漫桥段，女友却充满质疑地问："你准备好了吗？"他立刻反弹："那你准备好了吗？"女友似乎故意要和他较劲："我做好了你准备好的准备。"他气愤地问："你真的准备好了吗？"女友硬邦邦地重复："我再说一遍，我做好了你准备好的准备了！"

男孩最终带着失落的心情飞回中国。这段恋情当然腰斩。回顾过去，他并未想通自己和女友到底出了什么问题。这个故事的本质有三点：

一、他和女友都是红色性格为主，都把做决定的责任给了对方，希望对方先做出承诺，给自己吃一颗定心丸；

二、他们希望对方有更强烈的意愿跟自己在一起，唯有这样才能满足红色性格内心深处被认可的渴望；

三、虽然红色性格的他已经做好了结婚的准备，但当女友表现出一些不确定时，他就迅速动摇了，因为红色性格容易受到他人的影响，特别容易没有安全感，需要不断地确定是在被对方重视被对方爱，不然就会觉得对方可能不爱了。

如此，就很容易理解，为什么典型红色性格做决定或买东西时，总是喜欢问他人的意见；如果对方不置可否，红色会心虚会迷茫会犹豫会摇摆，甚至会不买自己一开始就已看中的东西。当问对方的意见时，如果对方的建议与自己不谋而合，赶紧拍手称快，觉得对方言之有理，更加印证自己的选择正确；如果对方的意见和自己不一样，就会动摇，如果牵涉择偶等重大事项，会继续找人问，直到找到和自己意见一样的人，然后舒口气，对自己说：看到没有，别人的意见和我是一样的，说明我的决策是有道理的。总之，当自己拿不定主意时，问别人意见的作用就是：别人的决定，可以帮助终结自己的纠结；别人的选择，可以缩短自己拍板的时间，哪怕根本就没打算采纳对方意见。而且有多种选择时，红色认为别人的意见是最好的排除法，可大大缩小选择范围。

相似的例子发生在当年我为东航学员培训时的一位资深客舱经理身上。她和男友都是红色性格，两人做邻居二十几年，恋爱八年，正要顺理成章步入婚姻时，男友失业了，原本自信爆棚的他陡然自卑。她问男友什么时候办婚事，他反问："你觉得我现在这个样子，还适合结婚吗？"她立刻反问："你想和我结婚吗？"他坚持原先的提问："你觉得我还适合跟你结婚吗？"她继续问："你想和我结婚吗？"他们就这两个问题问了一夜，最后双方都无力说话，只剩下彼此间冰冷的沉默。事后，这个红色女孩告诉我，她当时只是想说"不管你现在什么状况，只要你想和我结婚，我们就结"，而男友却认为"你根本不顾我的情况，你这是在逼我"。男友心里想的是,让她主动说出"不管怎么样,我都想和你结婚",而红女希望男友先说"我想和你结婚",给自己一颗定心丸。

有时人们不愿意给对方定心丸式的承诺,是因为两性关系中,似乎有个魔咒,好像总是谁先承诺谁先死。一旦你先承诺了,后面不管发生什么,好像都是你的责任,因为是你当初说要"在一起",即便我也接受了,但以后的问题似乎不关我事。所以两个人谁都不愿先开口,其实谁都不想承担那份沉甸甸的责任。

如果你是一个行事果断的女人,你看到这里,马上会发现这个男人是需要安慰的,但你会认为人不能总在安慰中生活,此男不够坚强成熟,此女亦不够执着坚决。如果你是她,你就会直接对男人说:"我喜欢你,哪怕每个结婚纪念日只请我吃炸酱面,我也跟着你。一切才刚刚开始……"正是因为他们都想要对方给予自己虚弱的内心以支撑,所以高压状态之下很难融合,两人深陷泥潭,想游游不动,想出出不来。

再来个翻版的故事。国外留学时相识的一对情侣相处到第四年,感情到了瓶颈。两人毕业后,彼此的感情不稳定,女孩犹豫了,想回国看看,男孩并未挽留——如果当时挽留,女孩也不会回去。半年后,男孩主动对女孩说希望她回来并结婚,女孩不顾家里反对,辞掉当时自己无比喜欢又条件极好的工作,把半年前寄回国内的八十公斤行李又寄到国外,一心想和男孩过一辈子。结果刚回去,女孩提出先拿证,男孩扔了一句:"你如果不介意没房没钻戒,那我就无所谓。"不到一年,女孩心灰意冷,再次回国,五年感情无疾而终。其实,当时只要这个男孩说"如果你不嫌弃我条件不好,我愿意一辈子照顾你",一切就OK。这个女孩把这个故事哭诉给我听时,牙关紧咬:"我根本就不在意他的经济条件,我要的只是一句话。当初和他好的第一天,就知道他家条件很苦。如果我在意这个,就不会选他了。"遗憾的是,女孩并不明白,对她那个当时有自卑感和压力的男友而言,他用那样的话反问或刺激女孩,其实只是他过不了自尊那关,那样说,是他维护自己尊严的唯一方式。

所以,不了解对方所想,不知道对方所要,会让我们每个人付出一生痛苦的代价。

除了在恋爱中,在亲情里,红色性格同样需要定心丸。我们团队中一位红色的老师,很多年以来不能谅解自己那位情绪超级平稳、凡事"无所谓"、不帮他做任何决定的绿色性格的父亲。因为当儿子征求父亲关于求学、择业、成家等一系列问题的意见时,绿色天性的欲望偏低、不想给他人带来麻烦、不愿与人冲突的"老好人"特质发挥了作用,父亲一律回答"你自己看着办"。儿子历经种种失败和不顺之后,曾一度责怪父亲"为何没有给我正确的指引,让我一路上走得好辛苦",直到学习并成为性格色彩讲师之后,反思自己的问题,才知道是自己太需要别人的肯定了,本质上是把自己人生的责任推卸给别人,要别人来认可。

所以,既然我们已经洞察了性格,接纳了真实的自己和他人,如果有一天,你红色性格的女友在和你交流时,无比希望你喂她一颗定心丸,就请你不要吝啬,先给了她再说。也许你会厌倦她不厌其烦地问你同一个问题"你爱不爱我",你心里想着"不喜欢你干吗跟你在一起",可你或许没发现,正是你的这个答案,才能给她一颗定心丸。红色不断地向爱人寻求确认,"你爱我吗";蓝色觉得这个问题无比肤浅甚至让他烦躁,爱这个东西说出来就不值钱了。但此时,你真的需要理解红色女友的内心:她只是想要你给一颗"药"。当你给了她这份安心,她才会更加投入这段感情。而如果你忽略了,她便觉得你不在乎,更糟的结果是,你们之间会有一层看不见的玻璃,你们握着手,她却觉得你的手毫无温度。

无论外表多么光鲜,红色的内心深处总是有着一种不安全感和不自信,他们总是在寻求一种确认。而且,因为红色还很健忘,所以，其实给一颗定心丸是远远不够的，因为对一个典型的红色来说，药效只有二十四小时。这也是当红色与蓝色生活在一起时，彼此面临的最大挑战。所以，更准确地说，你需要每天都给红色一颗定心丸。你需要像一个医生一样，定时给药。这点，西方的习惯要好得多，每天早上对红色性格的人来句"我爱你"，搞掂一切。

　　生命之中，我们每个人任何的选择都有可能在年深日久后被证明是错误的。可你必须明白，对于红色来说，结果本身并不重要，在当下最重要的是那种安心的感觉。

过把瘾就死

你"想要的"如果是对的,路就不怕长。怕就怕,你是心血来潮,只想过把瘾就死,根本没做好长期生活的准备;怕就怕,你根本不知道在自己的人生中你想要什么。

一起还房贷

提出"一起还房贷",期待对方"为爱放弃工作",希望对方为自己买一件礼物,吃鸡翅的时候要先问问自己要不要吃,本质上只有一句话,那就是:要的只是一份心意,一种"患难与共"的感觉。

男人问:"你愿意和我一起还房贷吗?"当很多女人流露出不屑的神情,唯独有一个女人回答"可以"时,这个男人真的激动了,他含着眼泪说:"其实我根本不需要你还,我自己早已做好了安排,我要的只是一个心意而已。"如此曲折的心思、意想不到的考验方式,都源于发问者的性格是红+黄。

在性格色彩中，双色组合比单色稍复杂一些。以红＋黄为例，既有红色的感性，情感澎湃时会不顾一切；又有黄色对于目标的坚持，不达目标誓不罢休。因为以红色为主，会无比在意对方对他的"心意"，在意对方是否愿意为他付出，因此他选择了最敏感的"房子问题"作为试金石。在这样一个没有战争的年代，并不需要让罗密欧和朱丽叶互相献身来证明爱，但当无数男人遭遇"不买房就不结婚"的挑战，"一起还房贷"完全可以被男人们视为女人愿意跟自己"患难与共"的最好证据。提出房贷问题，其目的不是为了要对方的钱，而是为了让自己能感受到对方的爱，因为这个男人的性格中的第二色是注重实际的黄色，他会觉得"你空口说爱我，我如何能信"。红＋黄的他需要承诺，但不需要空洞的甜言蜜语，而是一份实在的具有可操作性的表白。

生活中，这样性格的男人，也在上演一幕幕考验和试探的爱情戏码。某红＋黄男，结识了红女，两人分隔两地，事业都还不错。活动中一见钟情，分开后，三个多月的网络催情，每周一次飞向对方见面，情感升温至沸点，虽然没明说要结婚，但彼此已视对方为自己的人，当务之急，唯剩解决两地分居问题。红女自小在老家长大，除了偶尔出差，几乎没离开本城半步，亲友、环境均难以割舍。为了爱情,她也确实动心起念,想了却一切奔向他的家乡,但内心又在犹豫和忐忑。当红+黄男人开玩笑地说"你留在我这吧,不要走了",她并没当真,只是一笑而过。可是,在这次玩笑之后,男人以很忙为理由渐渐减少了和她的联络,她的心也冷却下来,几次被拒绝之后,赌气不再找他。两个多月后,男人告诉她自己结婚了,从此不再联络。这次的恋爱失败,对红女打击很大,她想不明白,为何男人突然就冷下去了,难道从一开始就在骗她?直到多年以后,一次意外的重逢,男人平静地告诉她:"当初如果你说你来我的城市发展,我就会向你求婚,钻戒我都准备好了。而且我也托朋友物色了我在你的城市的工作,我可以去你那里重新开始。我们认识的时间很短,让你放弃一切来跟我,是要冒很大风险,但如果你愿意为了我拿出你全部的筹码,我也愿意拿出我全部的筹码,来赌我们两个人的幸福。"

这是"你愿意为我还房贷吗"的另一个版本。这个男人和前面问是否愿意还房贷的男人在内心深处的渴求是一致的。他可以为对方付出全部,但在此之前,他需要知道对方对他的心意也是一样的。自尊敏感如他,不愿提前把答案公布出来,而是期待一份没有条件、不计后果的真心,假如得不到,他宁可掉头就走,决不留恋。而不理解他的女人,就如那位红女,不会知道在他表面自私和绝情的背后，其实是炙热的爱情和强烈渴望被重视、被爱的需求。

还没说完，再来一个版本。时隔三年，有一个落魄的煤炭业大款来到节目上，在前两条短片中，极尽能事地说自己的过去是多么辉煌成功，私人飞机和游艇对他而言是多么犹如玩具，可惜因为金融风暴，一夜之间血本无归，现在自己就是一个纯粹的、心怀梦想、永不言败但是不名一文的穷光蛋。他以笃定的神情看着对面的一群女子有谁愿为他留灯。等到众多花灯凋谢，唯孤灯一盏昂首时，邪恶的笑容浮上他的嘴角。在第三条短片播放后，众人恍然大悟。原来金融风暴之后，他低迷了两年，现在早已东山再起，比以前更富有。他特意将真实的现状放在最后，无外乎借此考验谁是真正爱他这个人而非爱他的钱，借用最后一记重棒来敲打他认为没有眼光的女人，也可算是一种复仇。这种桥段在影视作品和小说中经常见到，其实生活中也有很多。说白了，无外乎就是需要求得一个证明和说法。

再来看看，如果换成女人是否也是如此。其实，也一样。

这种事在生活当中其实稀松平常。上大学时，一对情侣在必胜客吃饭,男孩特别喜欢吃鸡翅,一份四个。因为吃得比女孩快,自己吃完两个后,盘中还剩一个,他就拿起吃了。女孩很不高兴,当时没说什么,后来吵架时,憋不住和男孩说了这事。女孩认为男孩应该先问自己要不要吃,再动筷子;男孩不以为然,认为女孩心眼太小,还想吃,再来一份不就行了,又不是吃不起,干吗上纲上线?女孩的观点是,希望男友多在乎自己,这么一件小事,就可以说明男友不在乎自己……

另一对朋友,女方家境优越,男方家中拮据。为了爱情,多年前,他俩一起到异地打拼,住十人一间的廉价房,每月生活费不到百元。男人暗自发誓,一定要努力出人头地,让女人过上好日子。后来,他找到一份薪水较高的工作,经济状况好转。某日他出差回来,女人孩子气地翻他的包,想看他给自己带了什么礼物没有,结果只找到一件男式衬衫。顿时,她感到强烈的失望,立即对男友说:"我们分手吧。"男人哄了她很久,还是不能让她释怀。男人知道她是因为自己没给她买礼物而生气,却不明白何以她会那么难过以至于坚持要分手。他不明白的是,她可以在最困难的时候,把唯一的一个鸡蛋让给自己。同样,她不是介意男友没有给她买衣服,而是那件衬衫说明男友有时间去买东西,但却只给自己买,没想到她。

提出"一起还房贷"，期待对方"为爱放弃工作"，希望对方为自己买一件礼物，吃鸡翅的时候要先问问自己要不要吃，本质上只有一句话，那就是：要的只是一份心意，一种"患难与共"的感觉。只要有这种感觉在，他们情愿生死相许，付出自己的全部。现在，你懂了吗？

和我一起老死丽江

你"想要的"如果是对的,路就不怕长。怕就怕,你是心血来潮,只想过把瘾就死,根本没做好长期生活的准备;怕就怕,你根本不知道在自己的人生中你想要什么。

流浪歌手雷,在他十八岁那年上了大学,在第一个暑假开始了他人生的第一次流浪。他带着那把面板都已泛白的吉他边走边唱,从吉林走到秦皇岛。好像向往流浪艺术家的人都喜欢带着把吉他,而且是又老又旧的破吉他,最好背带也黝黑得发亮,还刺拉着毛边,这样才显得年代够久远,流浪的味道才更浓厚。雷就是无数向往成为流浪艺术家的青年中的一员,打那次长途跋涉以后，他每年暑假都会走一段天涯路。他相信，走下去，自己会成为艺术家的。毕了业，他没能挡住继续游走天涯的诱惑，自己做了面红旗，每漂到一个城市，就去盖个邮戳，等到全国基本上都盖完了，最终在丽江开了个摄影棚，把那面满目黑圈圈的红旗作为镇店之宝，以看似无意的不起眼的格调斜吊在墙角，向来往的客人们显示这里的主人过往是多么牛气。

雷出现在舞台时，全体女编导为之尖叫。众所周知，电视台的女编导很多都有文艺女青年的气质，这种类型的不羁男人最能唤起她们少女时代的梦想。雷天性渴望无拘无束，喜欢自由，不愿被朝九晚五的生活方式束缚着，丽江能满足他对于自由自在的需求。现实中，大多数红色性格可能没办法像流浪歌手那样放下一切去流浪，只是尽可能地在生活中贴近自由自在的生活方式。

在丽江，雷的生活是慢节奏的。白天有工作时拍照，没工作时睡到自然醒，和朋友喝茶摆龙门阵，晒太阳。晚上到火塘围着篝火喝酒飙歌。外人多数以为丽江是遭遇爱情寻找艳遇的好地方，这些人其实只是这个城市的过客而已。雷说："过客不属于我，我要找的是一个没有上进心甘愿陪我一起待在丽江懒散的人。"他找了很久都没找到。

有很多红色性格的人，喜欢给自己描绘一幅美好的画面：等赚到足够的钱，就去丽江／大理／阳朔／凤凰定居，老死在那里。但事实是，很少有人真的能做到。因为红色一旦遇到压力，容易退缩和妥协，虽然内心无比向往、无比冲动，但性格中的不坚持让他们容易浅尝辄止，通过一次小小的旅游和放纵得到片刻的满足之后，便又被生活的惯性拉回到固有的常态。而这当中还有一股强大的阻抗力来源于红色性格容易受到诱惑，什么都想要，在丽江这样的地方闲散了一段时间，每天上网看到大城市里时刻发生的光怪陆离灯红酒绿的生活，实在免不了羡慕。待不了多久，就总想回去。这就是为什么在这样的地方总是不断会有各种各样被转让出来的客栈和酒吧茶馆的原因。不过在有些情况下，"心动"本身也是随时动摇的，比如中国的大城市不太争气，从雾霾到塑化剂，从黄浦江的死猪到H7N9，这些都极大地摧毁了人们在城市生活的信心。对于在丽江这样的地方漂流的人而言，一对比，发现还是这儿的生活舒适安全，又不想回去了。

蓝色性格擅长把浪漫放在内心而非表面。看《廊桥遗梦》可知，多少蓝色默默在心里酝酿一辈子的浪漫私奔，却从未实践一次。老死丽江对于蓝色而言，可以是一个永不提起的梦，但也只是梦而已。蓝色对于安全感的注重，让他们注定会选择更有保障和安全的生活。

黄色性格最容易成为工作狂甚至过劳死，对于在丽江生活没有太大的兴趣。对于他们而言，人生不进则退，做任何事都要有明确的目标和永不满足的追求。我们性格色彩婚姻研讨班中有位黄色性格的女学员，经历事业和情感的双重重创后，有大约一周时间处于迷茫中，她选择了去凤凰散心。但与红色性格不同的是，她在旅行的过程中不但没有放松和开心，反而更加痛苦，整个儿天地混沌。一周之后某个发呆的下午，她树立了新的目标，回到原先所在的城市注册了家新公司。找到新方向的那一瞬间，她容光焕发，远比长期性饥渴后享受一场爆发式的性高潮带来的效果要明显得多。

绿色生性懒散，没有上进心其实是对绿色最好的注解。但为何绿色也不会选择老死丽江的生活方式呢？因为绿色没有冲动没有干劲，而出走丽江，势必给他周围的人带来影响，人际关系的压力对于绿色而言是不能承受之轻。有好友是绿色性格，偶尔闲谈时，他也会说希望在阳朔开个小咖啡馆，但说过就算，他依旧按照父母的意思找了份稳妥的工作，遇到一个逼迫他结婚的女人便娶了。所谓梦想，在他的生活中了无痕迹。

雷的过去，有过三段感情。曾有女友希望他去上海工作，他说可以，但将来要回丽江养老，而女友想要一份安定的生活，所以和他分手了。作为红色性格，雷之所以能坚持流浪，与少时的经历有关。年纪还小时，他就独自揣着一百元浪迹江湖，流浪一阵子再回来，家人都不知道他去了哪里。现在，他特别希望找到一个能和他在丽江终老的女人。

　　雷问我："能找到吗？"我和他说了一个小朋友的故事。小朋友追求者众，刚和她自己的几个小朋友一起去过丽江。因为丽江大研古镇的过度开发，她们选择住在了束河的民居。客栈当家的是来自徐州的一对夫妻。老板娘以前从事旅游业，在丽江管店，因为喜欢丽江，就留下来了。老板是徐州有名的婚庆司仪，平时忙着在徐州挣钱。按照小朋友的说法，觉得真的要在丽江懒散地活着也不容易，到处都是好车，消费也不便宜，如果不努力挣钱，怎么可以安心懒散地享受阳光呢？最后一天，她们决定住悦榕庄，理由是躺在床上就能看玉龙雪山。那天，心情特别美好特别平静，但平静的背后是一天三百多美金的代价。最后小朋友的结论是，懒散的代价好大。想懒散的人多了，但你能给这个女人懒散的心情吗？所以，我对雷说："不同的人对于'懒散'二字的定义不一样，你要找个每天过一千美金懒散生活的妞还是过一百人民币懒散生活的妞？你自己想过一千美金的懒散生活还是一百人民币的懒散生活？"红色性格本身容易活在想象之中，只要在现实中经历一次向往的生活，马上就知道是不是自己要的了。可惜，确认之后，紧接着要考虑如何买单。对叶公好龙的人们来说，做梦人人都会，圆梦就痛苦多了。

  雷本身的红色性格加上年轻时特殊的流浪阅历造就了他独特的生活方式。他想找到真正的同类。他完全可以与同样生活在丽江开小店的那些老板娘或文艺女子为伴，只要不羡慕他人大秤分金大碗吃肉的生活，这种女子还是不少的。除非你自己到了某个阶段，心又活了起来，不想只是一辈子这样开个小店，突然有了些雄心壮志，那也不妨找个待在丽江是为了开拓生意的黄色女子，像红色的李国庆找到黄色的俞渝那样，像红色的潘石屹找到黄色的张欣那样，人家照样夫妻同心，其利断金。所以，慢慢来，你"想要的"如果是对的，路就不怕长。怕就怕，你是心血来潮，只想过把瘾就死，根本没做好长期生活的准备；怕就怕，你根本不知道在自己的人生中你想要什么。

爱是什么玩意儿

不同性格对于"爱情"二字的理解有巨大差异！黄色性格爱不爱的关键是"值得不值得"，红色性格爱不爱的关键是"有没有感觉"。这也正是他们经常会干架的原因。黄色性格认为动不动就谈"感觉"的人们显得幼稚，而且这些虚不拉叽的，靠不住；而红色性格认为，那些自以为理性毫无人情味的家伙连崇高的爱情都要算计，真他妈的没有人味。

男人来上节目，被众人问到和前女友分手的理由，答曰："那个女人是个只需要成功不需要爱的人。"

"只要成功不要爱"，这话通常用来形容黄色性格。黄色以目标成就为导向，往往忽视别人的感受，即使在爱情和婚姻关系中，黄色也讲求快速、直达目的、掌控全局，让另一半误以为她"冷血""无爱""无情"。黄色不需要学习，从出生那一刻就明白"少壮不努力，老大徒伤悲"，他们乐于工作，耻于休息，他们认为只有统筹安排好时间才能胜任多种角色，得到更大收获。玩那些小情调、小清新毫无意义，要玩就玩大的，真正有需要时再玩也不迟。他们期待比别人更快地获得更大的成功。

追问下去，男人和前女友的故事浮出水面。此男是华裔美国人，在美国认识了北大毕业的中国女孩后开始交往。男人似乎喜欢名校女孩，交往过的前女友们都是"常青藤"出身。他希望女友有自己的想法，独立性强，清楚地知道自己要的是什么，而这位北大女孩恰好是这种人。女孩本来在国内读理科，到美国后立志学电影，男人无数次劝她改学会计，容易毕业也好找工作，不像学电影，一座人人都想过去的独木桥，连美国人自己都很难成功，遑论外面过来混的。但女孩坚持自己的梦想，终于毕业，找到一份不错的工作，拿到了工作签证。这时，男人看到中国有巨大的发展前景，决定回国，希望女友陪自己一起回来。女友说："我不是美国人，如果我回去，就放弃了好不容易找到的工作。我不像你，随时可以回美国。"男人问女友："如果成功和爱只能选一个，你选哪个？"女友说："我现在不想离开美国。"

女友是黄色性格,为了目标,她不懈地努力,不愿依赖男人而只靠自己,更重要的是,黄色宁愿把赌注放在自己身上也不愿意把命运交给别人。无论别人咋说,她坚持自己认为正确的道路,死也要死在自己选择的路上。也许,多年以后当她跃升为巾帼豪杰时,会想起这个邀她一起回国的男人——如同《花样年华》里张曼玉怀念梁朝伟的那句:"如果有多一张船票,你会不会跟我走?"

我问男人:"如果成功和爱只能选一个,你选哪个?"男人说:"我当然选择爱。"我说:"你他妈扯淡,你没选择爱,你和她其实一样,也选择了成功。你让女友陪你回国,为何你不陪她留在美国呢?"男人说:"我选择回国,因为中国的发展比美国好很多倍,美国已经走下坡路了,中国发展得很好,当然应该回国。"

其实,男人性格中也有很多黄色,正因为他把自己的事业发展看得无比重要,才会要求女友跟自己一起回国,而无视女友好不容易才留在美国的事实。在这场拉锯战中,只要有一方是"要爱而不要成功"的,两人就可以在一起。但很可惜,他们俩,都选择了"成功"。黄色性格很容易要求别人为自己牺牲,而不肯去为别人牺牲。他们不需要训练,就可以迅速计算出,谁的牺牲代价更大，谁的不牺牲得到的回报更多。他们习惯说的是：我会负责，我会承担责任。

在给医药公司举办的一次"医生如何运用性格色彩处理医患关系"研讨会上，我曾经问过某典型黄色性格的妇科主任这样一个问题："如果你们非常相爱，此时外力逼迫你们一定要分开，你会怎么做？"

沉吟片刻，她答："如果他是值得的，我会和他走。"（注意，这里用的是"值得"二字。）

问："当然值得啦，我刚才已经说过啦，你们是非常非常相爱的。"

继续沉吟，答："如果真的值得，我会和他走。"（注意，"如果真的值得"是这里的关键，妇科主任的心中自有一杆掂量的秤。）

如果你仔细审视并且思考以上对话，你会发现，对红色性格而言，语言的关键点落在"爱"上，而黄色性格的语言关键点两次都落在"值得"上。由此看来，不同性格对于"爱情"二字的理解有巨大差异！黄色性格爱不爱的关键是"值得不值得"，红色性格爱不爱的关键是"有没有感觉"。这也正是他们经常会干架的原因。黄色性格认为动不动就谈"感觉"的人们显得幼稚，而且这些虚不拉叽的，靠不住；而红色性格认为，那些自以为理性毫无人情味的家伙连崇高的爱情都要算计,真他妈的没有人味。

换句话来讲,红色性格认为感觉就是价值,他们的价值基于感觉;黄色性格认为价值就是他们的感觉,他们的感觉基于价值。如果你在看到我这段话时出现一丝混淆,只需记住,不同性格的人对同一个词语的定义完全不同。这就是为何人与人之间总是会有不理解和冲突,不同性格的人对于同一件事情的理解,差异实在太大。

对于黄色性格而言,如果值得做,他就会去做,无论付出多大代价,但前提条件是,他必须觉得:这是值得我去付出代价的!对于黄色性格而言,他们的词典里没有飞蛾扑火,只有义无反顾。当然,在黄色性格的定义里,"值得去做"也是一种感觉,是经过大脑的理性分析之后得出的可行结论。只不过,黄色的思考太迅捷了,他可以本能地得出他要的答案。

在性格色彩的学问中,"爱"是虚幻的描述感觉的词语,而"值得"两字暗含价值评判标准。由此可见,黄色性格对于虚幻的感觉类的词汇,其敏感度和兴趣度都大大低于准确的事实评价。他们的评估体系中,事实大于感觉。

我想重申一遍，每个人嘴里说的是同样的词——"爱"，但其实每个人心里想的东西根本就不一样。

如果放到一个二维坐标下去思考，也许会看得更清楚些。

横坐标：类型。不同性格色彩对"只要成功不要爱"的理解显然不同，或者说，这个问题其实可以简化为另一个问题："感觉对你有多重要？""感觉"是感性的代名词，"值得"是理性的代名词。感觉第一的时候，值得与否根本就可以忽略不计；但感觉慢慢退潮时，值得与否就变得越来越重要了。

纵坐标：时间。同一个人在不同的年龄阶段，对这个问题可能有不同的理解。有的人，在理性的环境里生活久了，就越来越对有感觉的、浪漫的东西产生渴求。好比一个人喝不到水，就越来越口渴。比如王功权的私奔、王石的婚变，周围这些人过中年的成功男士为了一个年轻女子抛弃一切的故事，绝非偶然。有的人，玩感觉玩浪漫玩累了，就会产生理性的需求，找一个稳妥的值得的人一起生活。所谓浪子回头也好，所谓嬉皮返正也好，大体如斯。

所以，看清这个问题，两个坐标轴都很重要。回到"只要成功不要爱"的问题，前面案例中的女友之所以做出那样的选择，是因为在她心目中，跟男人一起生活，相对于留在美国发展事业来说，不够值得。因为不够爱，所以不值得。而男人之所以坚持自己回国发展事业，而不是为了女友留在美国，同样是选择了自己认为"值得"的路。清楚了这一点，当"要爱不要成功"的红色遇到"要成功不要爱"的黄色，只要相互理解对方做选择的出发点，彼此都能够释然并祝福对方。

男人的火候

平淡的"好女孩",意味着经历无曲折,而经历过于简单者,没有能力去理解一个经历复杂者情绪的跌宕起伏,这很难满足他精神上复杂共鸣的需求。所以单纯和简单一定要让你二选一,你宁可要单纯也不能要简单。

消费男色注意事项

这篇文章不是写给每天恋爱机会无数的女子,也不是写给那些对性懵懵懂懂完全不知闺房之趣的女子,这篇文章是写给情感还没啥寄托,但又不能忍受空房,身体总在不时地提醒自己该有个男人过把瘾的女性读者的。

作为研究性格多年的专业工作者,我深知在两性关系中,性格关系无比重要,但有另一事对两性同样重要,那就是性关系。高潮不断的阴阳交融,会让两个即便是冲突不断的冤家,也能为了彼此身体上的需要和享受而一直相处下去。这话听上去似乎让你感觉怪怪的,有点残酷和肉欲至上的味道,但"床头吵架床尾和"的奥妙确实不是隔夜架的问题，而是性满足的确会化解相当多性格冲突，虽然无法从根本上解决问题，但鱼水之欢后，两人谁都不好意思再过多提及刚刚爆发的战争，暂时可以和好如初，这是不争的事实。这也是为什么只要双方的性关系是美满的，即便发生再多的问题，两人也很难分开的原因。

对于大龄单身女子而言，有些已经急疯了，恨不得见个男人就要相亲，完全是病急乱投医；有些则根本不认为结婚有什么好，完全享受那种自由独立的状态。在我出版的一本用性格色彩分析大龄单身女性的书上，详尽解析了这个现象的背后不同性格的人到底在想什么。但无论是想结婚还是不想结婚的，大龄女性三十五岁以后，如果没有正常的性生活，她们普遍存在痛苦和困惑。这篇文章不是写给每天恋爱机会无数的女子，也不是写给那些对性懵懵懂懂完全不知闺房之趣的女子，这篇文章是写给情感还没啥寄托，但又不能忍受空房，身体总在不时地提醒自己该有个男人过把瘾的女性读者的。

不久前，一位相识多年的友人A以严肃的姿态和我认真讨论了花钱消费男人的问题。这位朋友目前单身，年入百万，三十九岁，红＋黄，MBA海归后在五大会计师事务所从资深审计师做到合伙人，大城市中典型的单身成功女性代表。在谈到这个话题时，聊到我们的另一个朋友B。该女孩三十四岁，刚辞职，没什么存款，闲散在家，典型红色，但每三四个月谈一次恋爱，失恋不到一个月总能找到另一个跟进上位的。让我诧异的是言语中A对B流露出来的羡慕，她不是B那种性格的人，做不到她那样放得开，但至少每次看到B被男人滋润得水灵剔透的皮肤，再看看自己周身干涸的样儿，A很是不甘。过去这些年，她相亲无数，却总因对方的条件或性格令她不满意，不愿屈就。于是，她正视自己的生理需求，很认真地考虑消费男人的可行性——如果付出和回报是合理的，为何不能考虑？她问我："女人不能消费男人吗？只要付出和回报成正比就可以了，这跟男人消费女人不是一样的吗？"

我问她："看过影片《巴黎拜金女》吗？其中男一号的故事很生动。被富婆包养了一段时间，其人一直以来不露笑容，却擅长为人服务，让小女人老女人都欲罢不能，关键是他有真情在，不是为了让人包养，而是为了时刻照顾自己喜欢的女人。"A听我这么说，一下子觉得找到了知音，特别欣慰，于是鼓起勇气和我说了她内心最隐秘的真实想法。她说，其实她一直觉得性爱是上天赋予人类最简单也是最直接获得满足感、幸福感、快感的方式，没有之一。因为在物欲横流的社会上，人们的欲望越来越无法得到满足，故而生活中就需要通过多种方式来让我们获得这种满足感。很多人觉得性爱神秘，说起来敏感，见不得阳光，说着说着就脸红。她却觉得性爱和其他找到幸福感、满足感的途径相通，不该披着隐晦的面纱，并且性爱是最有效率、最直接也最方便获得满足感的途径。这满足感不取决于金钱不取决于爱情，无论贫贱或富贵，虽然大家享受身体快乐的方式可能不同，但是绝对人人平等。

把男人视作物品，以消费的态度来对待，满足自身需求，早非惊世骇俗，从山阴公主到武则天，面首环伺，人尽皆知，正常得不能再正常。虽然在当今，男包女，会被批判，但不会有人认为大逆不道；女包男，还是会有相当多的人纷纷跳出来痛斥她们伤风败俗的。我非道学家，不想评价对错是非，所谓存在就是合理，任何存在的事物都有其存在的原因；我只想借性格色彩这面小镜子，照出不同性格的有经济实力的单身女子的真实心态。

红色

第一，肉体消费。
追求快乐的红色女性会把消费男人当作一件有意思的事情

来尝试。我认识的一位极开放的红色女孩,就把跟不同男人上床当作性的体验来进行:"只是想尝试一下跟不同的人做爱,感觉上到底有何不同。"她可以认真打量一个男人的矫健身姿、石腹翘臀,纯粹从技术指标来考量性爱的快感。因为典型的红色性格在天性中讨厌被规则束缚,只要不是太过离经叛道,被人指手画脚地评点,并且和这个男人有这么一点感觉,红色很愿意听从内心的召唤。但在这个问题上的结果,红色有两种截然不同的可能。

其一是不会因为满足自己身体上的需要而自责,因为在她的世界里,肉体消费其实和去做个按摩、看场电影一样属于正常消费,无须自责。并且那种事后的空虚感也不会围绕着她,因为消费的目的就是为了肉体满足,既然物有所值,就毫无空虚感可言。

其二是一旦轻情重性或无情只性地尝试多了后,她又会非常空虚,因为她最需要的情感交流并不能从消费行为中得到,于是开始自责。除非她在两性关系中找到安全感、支撑感和心灵的依赖,否则她在没有情感基础的纯粹肉体关系结束后就走人,总是会颓废沮丧,最终会被巨大的虚无感包围。

第二，精神消费。

对于她们中的很多人来说，精神和肉体基本可以分开，所以不会有精神上的落差。精神消费上，会要求自己站在一个女王的位置上，找一个对自己如痴如醉、爱得死去活来死心塌地的男人来消费，这样才能体现消费最大化的价值。既然是消费，那就让那种占有欲、安全感满到膨胀。

第三，小心提防。

无论肉体上还是精神上，红色性格之所以消费男人，本质上是因为红色对于新鲜感的渴望和对于体验的渴求，无论小姑独处还是双宿双飞，红色的这种心态不会完全消失。正确认识这一点，而不是假装它不存在，对于红色的内心健康有积极意义。

屡经爱情体验的单身红色，首先要保证自己的身心健康，而非沉迷于游戏人生；其次要克服因对男人没信心而产生的逃避心态。当下已有了另一半的红色，如果对一个新男人有了心动神摇的感觉，要特别小心关注另一半的感受，以免捡了芝麻丢了西瓜，为了突然的激动和热情，弄丢了相濡以沫的爱人。

如果你的另一半和你一样性格，能给予你超越一般情侣的巨大的尺度和空间，那当然是幸事；但多数情况下，你追求新鲜会给另一半带来很大压力和紧张感，甚至因缺乏安全感而产生心理问题。须知，典型的红色性格在爱情上并不希望自己或对方有很大空间，会觉得那样情感就淡了。他们更喜欢两个人天天黏在一起的感觉，有任何事情都可一起解决，不分你我，这样才会让红色被安全感和幸福感包围。所以，以欣赏的眼光看待，保持适当的距离，或许是一种比较理智的方式。总之，平衡感是红色一生都要谨慎把握的。

蓝色

第一，对"消费"反感。

与红色"什么流行买什么"不同，蓝色买东西一定货比三家。这种"物尽其用"的指导思想体现在情感方面，造成蓝色女人很难爱上一个人，一旦爱了又分了，又很难忘却一个人。对于消费男人，蓝色女人是反感的。因为相比之下，四种性格中蓝色的道德感最强，消费男人这种事与她们的道德感相违背，也不符合蓝色的消费观。蓝色女人心里还有个说不出来的理由：迅速进入一段感情又迅速离开，她们的天性中完全没有这个能力，她们的情感模式是慢进慢出，所以不可避免地对此产生强烈的排斥感。在蓝色女人的眼里，感情是神圣的、尊贵的、不可替代的。用消费的态度去对待感情，是对灵魂的亵渎。

第二，另一个极端。

在自然环境里，蓝色女性会对男人有很多的考量，随时拿着心里的小尺子测量男人，慢慢地进入一段长久的关系。极端环境下，就像《一个陌生女人的来信》中可怜的蓝色女人，无法实现自己的爱情，却委身于把自己当玩物的男人。可是听听她的心声吧，她心里满是对自己的责备——责备自己身体跟着一个男人，心里却想着另外一个，她有太沉重的对于自己的要求。当对于现有的爱情不够满意时，蓝色女人更多采取《廊桥遗梦》中女主人公的做法，温婉贤良地做一辈子好妻子、好母亲，心里默默地想念着婚外那个美好的男人的一举一动、一毫一发。《神雕侠侣》中的程英就是蓝色，当她遇见杨过时，杨过已经有了小龙女，所以程英落寞无语，只是默默地念着他，念了一生，心里再装不下其他人。

第三，如何脱困。

如果说红色女人要提防的是太多地追求新鲜的东西而迷失了自我，蓝色女人要当心的却是作茧自缚，自己把自己困在了一个狭小的空间里。蓝色女人应尝试多跟古灵精怪的红色朋友一起玩，借助红色那种无知无畏的勃勃生气，给自己的生活增添色彩。

蓝色女人会逐渐明白，男女之间从相识、相知到相恋、相爱、相守，情感的形态其实多种多样，拓宽自己的包容性，才是真正走出"一见杨过误终身"困局的钥匙。

黄色

第一，想消费就消费。

黄色女性是一支消费男人的生力军。首先黄色乐于做主宰，相信实力决定一切。当黄色女性还没有任何背景和实力时，她们可能会努力寻求一些能够帮助自己上进和成长的人来有意识地结交。当她们已经拥有足够多的金钱和权力之后，对于错过的、遗失的或主动放弃掉的爱情开始有了需求。比如开头提到的朋友 A。年轻时，她笃信"只有比我大十岁以上的成功男人才适合做我的朋友"，因为她可以从他们身上学到知识、能力，增加阅历。不知不觉中，她过滤掉了同龄的男性朋友，对一些追求她的毛头小伙子也疾言厉色地把人吓走了。到了适婚年龄，她还忙于跟更加高层的人士结交、提升自己，直到三十大几，才开始考虑终身大事。此时，当年追求她的毛头们都已有家有口了，而那些与她经常交流的男人，大多已经有了十几岁的儿子或女儿，更不可能。好在已不是当年，这时的黄色女人拥有了傲人的事业和丰足的收入,所以她注册了相亲网的高端收费会员,以"撒网—筛选—淘汰"的三部曲模式搜寻着另一半,同时也考虑以更加快捷的"消费"方式来满足自己的需求。

第二,清楚自己要什么不代表一定能得到。

给黄色女性提建议是一件纠结的事。因为黄色女性在人生的每个阶段都会非常理性地思索自己想要的是什么,并能得出最简单直接的答案。她们的强势和自信让你觉得她们是不需要建议的,她们会认为:难道你比我厉害吗?除非有更"黄"、更强势、更有能力、更成功的人跟她们讲,效果才会不一样,因为她们只推崇强者。事实上,黄色可能清楚自己要什么,但并不代表她们能得到。事业上,用力地猛烈追求能得到较好的结果;情感上,用力过猛,过于顾及自己的目标,则往往适得其反。黄色年轻时为了事业忽略爱情,就是由于对事业的执着"用力过猛"。

给黄色提建议的另一个难点是,黄色遇到任何问题,自己都会迅速找到解决办法。对黄色而言,能用钱解决的问题都不是问题,但恰恰是因为过于直接迅速地"搞掂"问题,反而会给自己留下后患。当黄色女性发现婚姻成为一个问题后,迅速祭出"花钱"的撒手锏,花钱上相亲网站、花钱找男人看似可以解决问题,其实急切的做法会留下情感不幸福的后患。

假如黄色女性能把改造外界的力量拨出来一点点，转而用来审视自己的内心，百炼钢化成绕指柔，尝试慢一些，与男人相处时学会示弱，美好自会轻轻降临，未必需要自己铆足力气满世界去找。

绿色

　　第一，懒得消费。

　　绿色女人是不太可能去消费男人的，因为她们根本懒得去消费。大多数绿色女人都与第一个和她们相爱的人结婚了。绿色的她们不像红色那样一天爱一个，也不会像红色那样一天丢一个爱人。她们不会给对方任何压力，所以情感总是能够细水长流，这一点实在太让其他性格羡慕了。当年我做培训时，和一帮女学员一起坐大巴去培训场地，这帮女人都是红色，其中夹杂了一个绿色。一路上，红女们无视我的存在，叽叽喳喳议论起她们所认识的男人来，品头评足，让我越听越别扭。唯独这位绿色，在车上三个多小时，自始至终没有发表一句完整的意见，面带微笑，至多只是说"噢，真的吗""这样啊""就是""嗯""明白了"这类无立场的语言。所以说，绿色女性对于这种消费男人的行为，既不否定也不肯定，抱持一种模糊不清的态度。

第二，当心被消费。

绿色女人的幸福指数，取决于她所遇到的人是好人还是坏人。因为绿色行动力较弱，一旦遇人不淑，挣脱的意愿和力量都不强。虽然绿色的无为有时能感化一些想要回头的浪子，但毕竟有些时候，这个世界并非言情小说中描绘的那般美好。一位读者给我来信，讲述了她绿色闺密的悲惨故事：

绿女嫁了一个老公，老公全家属于要求较苛刻的，每天的家务都让绿女全包，绿女毫无怨言地做了。老公在外花心，竟然离谱到对绿女说："我喜欢上一个女孩，不知道她是否喜欢我，我内心纠结得很，你能帮我打个电话给她，问问她对我感觉怎么样吗？"绿女温顺地照老公说的做了，电话打过去，人家说："其实有很多事情你不知道，我跟你老公已经要好很久了……"绿女脑中一片空白。原来老公已有心离婚，只是羞于出口，所以故意让绿女打这个电话自己发现真相。

绿色很宽容平和，但也真心很懒，整天似乎处于游离状态，但人家也不累，欢乐少痛苦也少，不以物喜不以己悲。绿色容易被人利用和"消费"。作为绿色，没有"消费"别人的欲望，但也不能糊里糊涂地"被消费"。从此刻起,学会保护自己,为自己的人生负责吧,不要把自己的安全和幸福交给别人去掌握。

文章能看到此处,至少说明你对这个话题有兴趣,或者你有所向往,但鉴于种种顾虑,倒是未必敢。那么我不用"消费"二字,如果是真爱,你敢吗?也未必。

朋友大宝,投行高手,四十五岁,保养佳,看上去少妇一枚,西藏旅游时认识了十九岁的康巴汉子。因为大宝一直在美国金融界打拼,所以遇见这个涉世未深、超级单纯的男生时,迅速坠入爱河。我还清晰记得她带着这个男生来参加午餐聚会时的场景。七人落座,餐后就听见同桌某知情人士看着大宝问:"你的亲爱的呢?"大宝一脸幸福地说:"他一会来接我。"就因此话,大家坐等,想看看是何路神仙可以征服大宝,让她变得如此小女人。不一会儿,一个穿着T恤短裤、肤色黝黑的大高个儿顶着一头蓬松的黑发,鼓着一身肌肉出现在我们面前。我明显地看到满桌诧异惊悚的眼光。大宝却一脸幸福地问:"怎么这么晚?"男生傻傻地说自己早就到了,在门口问保安借了一个桶在洗车。大宝立刻很心疼地说:"这么热的天,你看看你的汗。快过来,我帮你擦擦。"然后侧身很淡定地对众人说:"我们宝贝就是这么实诚。"

最近又遇见大宝,听说他们结了婚,她安排男生进中戏接受教育,自己半年在北京,半年在美国。我半开玩笑地问她:"干吗送他去中戏,里面水深,不怕流失吗?"大宝一如既往淡定地说:"他没啥文化课基础,艺术类比较简单。而且我们宝贝那么帅,被人追很正常,这没什么……"我从她的表情中看到的,貌似母爱,不过人家的确幸福。

世上各人活法不同,知道自己要什么样的活法,是活得好的重要前提。以上注意事项,仅供各位女施主参考。

好女孩，坏女孩

平淡的"好女孩"，意味着经历无曲折，而经历过于简单者，没有能力去理解一个经历复杂者情绪的跌宕起伏，这很难满足他精神上复杂共鸣的需求。所以单纯和简单一定要让你二选一，你宁可要单纯也不能要简单。所以，我对于世上广为流传的"男人都喜欢女人是白纸一张"这样的说法完全不敢苟同。须知，"单纯"和"简单"是完全不同的两码事，"单纯"是指状态，"简单"是指经历。

如果你正看这篇文章，并且你是女子，请你暂停，先合上书本，按照本能反应，快速问自己："我算'好女孩'还是'坏女孩'？"假设你是男子，同样，请问自己："我喜欢'好女孩'还是'坏女孩'？"也许你按照我刚才的建议眯了下眼，当然，更有可能，你觉得我这个问题很无聊，因为你根本无法界定"好女孩"和"坏女孩"。何况除了大奸大恶有着"坏"的明确标准，评价好坏时，每个人由于性格不同、对同一个词语的定义不同，可能会有些迷惑。

不管你是哪种，在阅读本文开始前就先自己思考这个问题，对你看下面的文字会很有用。原因是，这个问题当年在节目里出现过，有个小老外最后看上去无厘头其实很认真地把它拿出来问了对面几个女孩："你们觉得你们自己是好女孩还是坏女孩呀？"几个丫头呜里哇啦了几句后，他挑了一个坏女孩欢天喜地而去，这让人们不知所措。

"好"和"坏"其实只是相对的，而不同的人对此的定义也完全不同。萨特与波伏娃，一对一辈子充满激情的野鸳鸯，在世人眼中，这两个各自有很多情人的家伙，都算大大的"坏"，但他们这辈子确实被很多人推崇为"爱情神话"。"坏"在两性关系中意义之多样，虽然没有我在《人之初，性本"色"》中写两性关系中"管"字的五种不同含义那么复杂，但梅艳芳早就唱过《坏女孩》，韩国、美国和我国香港也都有《坏女孩》的影视作品，人们也早熟知一句著名的口号——"好女孩上天堂，坏女孩走四方"。所谓"好女孩",总归免不了:三从四德、贤良淑德、相夫教子、夫唱妇随;反之,所谓"坏女孩",大抵逃不过:离经叛道、不守规则、随心所欲、敢爱敢恨。稍微读过《色眼识人》或《色眼再识人》的读者,或者看过我《夜问》这档节目的观众,很容易马上醒悟"坏女孩"只有两种可能的性格——红色或黄色,因为注重规则和程序的蓝色性格和天性稳定不喜欢变化的绿色性格,永远不可能成为"坏女孩"。

真正的坏女孩,有两种性格各领风骚,坏法不同。一种是典型红色性格,像《射雕英雄传》中的黄蓉;另一种是红+黄性格,像《倚天屠龙记》中的赵敏。

红色坏女人的风格,以我认识的某红女为例:她娘从小管得严,为了反叛家庭的"魔爪"控制,她读高中时偷尝禁果,大学时疯谈恋爱,大学毕业当天就去领了结婚证,双"喜"临门。"那时候就想着,结了婚,有了自己的家,就不用按照母亲的要求每晚八点睡觉了。"结婚八年,做了八年家庭主妇,儿子七岁时她二十八岁,爱上了一个诗人,不管不顾地向老公提出离婚。老公责怪她不顾儿子,她毫不胆怯地说:"即使离了婚,你仍是他爹,我依旧是他娘,这点不会改变。与其让儿子在没有快乐的家里长大,还不如分开,他依然享有我和你分别给他的爱。"跟诗人的恋爱惨败后，老公满以为她会回心转意，没想到她背起行囊去了另一个离家不远的城市做了编辑，周末回来看儿子，平时就在那儿快乐地干自己喜欢的活儿。很快，她又遇到一个自己喜欢的带个女儿的离异男人。她母亲担心将来会很麻烦，但她满不在乎。就在这种随意的心态之下，她和那个男人都很享受在一起的感觉，对方的女儿也接受了她——这个有点天真的"后妈"。红色女人的坏，在于罔顾规范，而她的魅力，也正在于那份随性和自在。

红+黄的坏女人，则是另一种款。友人自小在黄色老爹的压制下长大。她小时候像男孩一样豪放，从来都是张口大笑，讨厌大家闺秀小家碧玉的做派，父亲见状每每怒斥一番，而她总是毫不示弱针锋相对。长大后，这姑娘凡事都有自己的主见，当父亲安排了门当户对的男人后，她死活不允。跟另一个男人离家出走背井离乡，在异地过了半年后，男人移情别恋抛弃了她。父亲知道后，把她接了回来，但即便如此，她还是不肯和父亲安排的男人结婚，而是专心从商，并小有所成。其后父亲破产，全家人都靠她养活，她独自撑着一个家，毫无怨言，依旧自信而干劲十足。当所有亲友和他们家不再往来时，唯有那个一直等着她的"未婚夫"还不离不弃地帮助她，从那时起，她才真正答应和他在一起。因为她已经历过背叛，成长之后知道雪中送炭是最难得和值得珍惜的。

那么坏女孩会吸引什么样的男人呢？是什么东西吸引着他呢？

首先，坏女孩与黄色性格和蓝色性格的男人很难来电，原因是这两种性格都以改造和调教自己的女人为爱情目标。黄色虽然讨厌没主见的人，但绝对痛恨不服管教的人；蓝色痛恨不守规则的人，而逆反心理和对抗规则，是坏女孩与生俱来的天性。说得更直白一些，这两种男人改造坏女孩不成的悻悻和坏女孩反感这两种男人总是试图改造自己的气愤，是同等激烈的。

其次，坏女孩吸引绿色性格的男人，因为他们的生活已经够单调乏味无趣了，只有坏女人的出现才能让他们的人生出现盎然的生机和活力，就像黄蓉对于郭靖而言的意义。不过，坏女孩倒未必都看得上绿色男人，主要的原因是实在太闷太不好玩啦，她们如果从对手那里体会不到"坏"的乐趣，她们也不想继续。

最后，坏女孩是否吸引红色男人，你只要大脑再过一遍红色性格的人需要什么，便一目了然。刺激多变、好玩有趣、与众不同、自由无拘束……你已经看到了，红色性格想要的，正是坏女孩身上有的。原因再简单不过，因为坏女孩自己就是这样的人，两个巴掌一拍就响，坏女孩最吸引的就是红色性格的男人，正所谓"同道相谋"。

需要特别强调的是，按照性格色彩的专业理论深入说明，在红色性格中，细分又有三种，分别是：红色、红＋绿、红＋黄。这三者之中，红＋绿最为温和，因为第二色绿色的中和稀释，行为举止看上去，和绿色很相像，除了偶尔也希望能有些变化，并不喜欢太多的刺激；但红＋黄，因为第二色的强化和催化，会比红色性格在追求刺激体验和挑战上有过之而无不及。

所以，对于红＋黄性格的男人而言，一个缺乏激情的平淡的女孩，即使美若天仙，对他也毫无吸引力。具体分析一下："缺乏激情"意味着很难产生出爱的碰撞和火花，而激情不仅刺激激素的分泌，更是他们在事业发展上的原动力；平淡的"好女孩"，意味着经历无曲折，而经历过于简单的女孩，没有能力去理解一个经历复杂的男人情绪的跌宕起伏，这很难满足他精神上复杂共鸣的需求。所以单纯和简单一定要让你二选一，你宁可要单纯也不能要简单。所以，我对于世上广为流传的"男人都喜欢女人是白纸一张"这样的说法完全不敢苟同。须知，"单纯"和"简单"是完全不同的两码事，"单纯"是指状态，"简单"是指经历。

简单的好女孩，对于一种人极具吸引力，就是那些已经在人生中折腾得遍体鳞伤者，他们已经没有兴趣再去经历更多的体验，只对过平淡的生活有着期待。他们喜欢不经世事又乖巧听话的人，这样也可以满足他们教育训导的欲望。但是，这种好女孩却很难吸引那些需通过刺激和对抗来满足灵与肉需求的男性。两个性经验单薄的人，在性的方面制造不出什么好的效果，在性的问题上，没经验的总归需要有经验的人去带，这个道理用一封观众的来信呈现：

你所说的"坏"，就是经历丰富吧，对女人其实也一样。女人也喜欢有经验的男人，对白开水一样的男孩不感冒。举个例子，他和我老公，老公是坏，睡过好多女人，性生活方面确实经验丰富，所以和他做爱，从身体上我能得到满足。他，单纯些，虽然他说有过四个女人，呵呵，不知是不是他说谎，但有时他就像个男孩，所以，没有经验，我没有高潮，忍不住拿他和老公比，感觉差一些，从心里产生不了依恋感。虽然他在语言和行动上，都给了我老公从来没有给过我的赞美和关心，但性爱，他没有我老公做得好，这让我有时还是不由得又想起老公的怀抱。

乐老师，不知你看明白没？我自己有时写着写着都不知所云。这都是很隐私的事，我不会和他说，怕伤害他。实际上我也很婉转地提过，因为他写过高潮过后是空虚，好像你也写过。实际上，我这样的女人，会对高潮过后的感情产生一种依恋，对对方的感情更进一步，是很甜蜜的感觉。所以，如果老公对我好些，我会紧紧抱着他，和他过一辈子。但男人和女人可能就是不同，老公虽然会让我高潮，但他心里还有别人。

最后，再说一点。对于情感中需要挑战的男人而言，女人过于简单，无法提得起他的兴致，因为太容易搞掂，没有什么成就感。两性关系中，"难度"意味着需要花时间征服，征服本身，就是心理满足的巨大过程。说白了，太好搞掂，等于欠缺刺激和味如嚼蜡；但太难搞掂，又会挫伤积极性。所以像红＋黄性格的男人，最喜欢的就是有些难度但又不是太难。那么他们如何来评测女人是否有些"难度"呢？最简单的标准，就是"坏坏的"。坏坏的，代表不循规蹈矩，代表不甘于平庸，代表敢于尝试，代表有一点疯狂……因为真正难搞掂的女孩，绝对不是那种坏坏的，而是外表文气但是内心无比坚强的黄色性格，她们太清楚自己想要什么了。

推动男人的火候

四种性格相比,红色和绿色的确更不愿承担责任。而在推动他们的过程中,推动者常常容易犯的错误是拔苗助长,总是试图帮红色或绿色搞掂本该他们自己负责的事情;当推动不成时,自己赤膊上阵,最终越俎代庖,还是没有真正让他们自己站立起来。所以,推动者必须明白的是一定要教会红色和绿色:自己负责才是王道。

在四种性格色彩中,自律的蓝色和自控的黄色,这两种性格不需外力的推动,完全可以靠着自己向着目标前进。其余两种性格,红色和绿色,天性目标感都不强。红色是那种目标太多经常变化的主儿,绿色是那种没目标也不喜欢目标的家伙,他们都需要外力,当有人不停地监督和推动时,目标达成概率更高。

小露曾跟我分享和她的黄色老板一起出行的趣事:

小露上车后舒服地靠在副驾驶座的椅背上,开始神游,忽然驾驶座上的老板愤怒斥责:"你骨子里的依赖性什么时候才能去掉?"她吓了一跳,不知自己犯了什么错。老板说:"这是你第三次坐我的车不系安全带了,上次为这事已警告过你了。我不提醒,你就不系,你不肯为自己的生命负责,把自己的安全交到别人的手上,这种习性不改,迟早要出大问题!"小露很难明白,忘系安全带这种琐事,怎么能让老板上纲上线到不为自己生命负责的高度。但从这个极小的细节,你可以看出黄色思考问题的角度。

相对来说,工作中的责任感和目标感较容易培养,但情感中,这种"不为自己的人生做主",如果出现在理应挑大梁的男性身上,其局限性会暴露得一览无余。

绿色:不做主,也不想做主

涛是一位事业有成的年轻画家,拥有自己的画廊。画廊交由父亲打理,他只管创作,连自己的画卖多少钱都不知道。涛说自己不想成为商人,只想当艺术家,其实潜台词是,他不在乎自己的画廊经营得有多好。正是这样一种无欲无求的性格,让他很少受到外界的干扰,也很少情感波动,只是把心思放在绘画上。如果说有的人是因为对目标的不断超越而成功,他则是一个相反的例子,"不疯魔不成活"这句话完全与他绝缘,因为从头到脚他就没有一丝"疯魔"气息,对一切都无所谓似的。这位画家对于理想伴侣的要求是"没要求"。对职业没要求,对性格没要求,对家庭背景没要求,对兴趣爱好没要求,即使完全没有共同语言也可。

对其他性格而言,会对绿色的这种"无所谓""没要求"抱有怀疑,但这的确是真实的,这也是绿色没有情绪波动的原因。绿色的无所谓,让他错过了像红色一样激情碰撞的机会,却也避免了红色的一个烦恼——想要的实在太多,所以根本不知道自己要什么。

因为没有要求,所以这位画家在节目上很认真地恳请我告诉他什么样的女人适合他。绿色性格的人喜欢让别人为自己做决定,因为他们不想承担自己做决定的责任。在人际关系中,绿色总是一个维持平衡与和谐的角色,愿意去配合别人,跟着别人走,这无可厚非，但当面临自己人生中重大决定和足以影响自己一生的问题时，绿色的顺从往往给自己带来大麻烦。

最后留下两个对画家有意思的女人。一个是单身母亲，她问画家："我的身份你知道吗？"画家说："我知道。"可惜这个单身母亲不懂性格色彩：绿色是不善于解读问题背后的含义的。她问"你是否知道"，其实是在问："你介意我是个单身母亲吗？你愿意接受我吗？"而绿色说的"我知道"，仅仅是表面回答"我知道"，"我知道"不等于"我要你"。另一个喜欢画家的女人是个天真可爱的小女生，当画家问"能否承担家务"时，小女生回答"愿做你的小女仆"，如果换成其他男人，答案撩人，怕是筋骨已酥，可惜不解风情的绿色接不住任何电波。

画家临走时，我调侃他可以留留大胡子，蓄蓄长发，把自己装扮成艺术家，装的时间如果长了，假腔调就变成真腔调了。其实，我真正想对他这种绿色性格的朋友说的是：从更多的尝试中丰富感受，在逼迫自己追寻目标的路上掌握主动权。

红色男人：既需要女人推动，又不能承受高压

红色男人为什么想要找个能鞭策推动自己的女人？一个红色男人解释说："我自己的毅力比较差，最好有人天天推动我，帮助我上进和坚持。"另一个男人要求更高："我有时候需要鼓励，有时候需要鞭策，最好这个女生有时候骂我，有时候夸我。"

在这些"欠骂"的红色男人中，有的历练多年身居高位，有的创业数年身家丰厚，有的留洋归来功成名就，还有的甚至是桀骜不驯的文艺男人。共同点是都极富激情和想象力，但问题也很普遍，譬如不能坚持、容易退缩、自由散漫、目标感弱，等等。在没有任何外力推动和帮助时，容易懈怠和不去解决问题，如果经常有人在旁边鼓励他、赞美他、推动他前进，红色就能更好地发挥优势、攻克难题。

一位猎头公司的老板，大红色性格，事业成功，专做高端客户，跟我说想找能推动自己、帮助自己开拓事业的女生。我问他："你活儿干得已经不错了，还要再找个女人来帮你吗？"他说："说不定她来做公司，比我做得更好。只要她做得好，我甘愿退居二线，她来主导，我给她跑市场。"但当一位漂亮、强势、说起话来和他针锋相对的女生出现在他面前后，他明显哆嗦了。他

告诉我，女孩他是喜欢，而且也清楚这个女孩可以给他很多促进，但也给了他很大压力，所以他有点想逃了。最后，在这位漂亮强势女生和另一位漂亮顺从的女孩之间，他选择了后者。

另一位外形俊美的红色性格健身教练，在我当年主持的《不见不散》节目上，热烈追求一位强势女海归，惨遭滑铁卢。遇上她之前，他和几个同事合租房子，工薪阶层的收入可以支持他偶尔出国旅游，虽然他也会羡慕自家兄长的事业成功，却没有勇气去创业，即使哥哥介绍生意机会给他，也觉得麻烦，宁可在家睡觉。当女海归出现后，他问："像我这样的条件你能接受吗？"女海归说："不行。"并举出自己兄长的例子——有房有车，嫂子不用工作。女海归认为男人就应该像她兄长那样让女人体面地生活。男嘉宾也想起他哥，他羡慕他哥，但他不愿付出辛苦和努力。在这次小鸡求凤凰碰得灰头土脸后，红色男人焕发了积极上进的心态，决心改变自己，重新出发。

由以上可知，红色的"贪心"体现在既想有人推动自己，又不愿承受太大的压力。但不管怎样，和绿色的缺乏欲望和动力不同，红色有很多欲望要实现，受到积极正面的环境影响时，很容易转变心态，为了梦想去努力，唯一需要修炼的功课是坚持。

当你遇上一个"不愿为自己负责"的男人

这种男人需要的女人,要有独立性,不必事事问他,胸中自有一盘棋,像穆桂英一样巾帼挂帅,像王宝钏一样独守寒窑。但是,如果你爱上了这样的男人,收放之间的平衡要小心把握。

我的一名红色性格的男学员,是一家跻身世界五百强的法国公司的销售副总裁,在他还只是名不见经传的小销售员时,就和老婆结了婚。老婆当时在另外一家外企,职位和薪水都比他高。婚后,老婆对他不断鞭策和鼓励,让他毫不懈怠地前进前进再前进,他很快就有了提升。因为一个机缘,他要调到香港工作,老婆闻讯,大为支持,把自己的工作辞掉,专心去香港相夫教子。在香港的两年,老婆恪尽家庭主妇之职,从不在上班时间打电话给他,独自慢慢拓宽生活圈子,一不喊寂寞二不要他陪,把以往对工作的激情转化为经营家庭的热情。两年后他调回内地,职位比刚结婚时升了数级,他坦言这一切都是拜老婆所赐。

可惜好景不长,最后两人以离婚收场。原因是红男在某个早晨忽然发现,这么多年来,他一直在按照老婆想要的方式生活,已经彻底没有了自我。当他在工作上被人事斗争几乎击垮时,回到家里,他轻轻地问了老婆一句:"如果我辞职了,会怎样?"老婆激烈地批评道:"你怎么可以这么没有责任感?你有没有想过这个家?我选择的男人,怎么可以轻易言败?"于是他沉默了。红色的沉默或许比蓝色更可怕,因为红色没有自我消化的能力,他在沉默之后必然要找到一个喷发的出口。虽然不久以后,工作上的问题解决了,但情绪上的痛苦依旧持续着。而那个出口的来临,是因为与他分开多年的前女友突然出现。那一天,他感到一个柔弱的女子跟自己更有共鸣,更能体谅自己的心情。他的情感从老婆回到前女友那儿,用了一年。而当老婆发现他的外遇后,却爆发了强大的力量要挽回这个男人,而她越是努力表现得贤良淑德,他的迷失就越厉害,终于有一天他说:"做回你自己吧,我不要一个现在这样的虚假的你。"签署离婚协议并放弃全部财产的那一天,他带着轻微的怅惘对老婆说:"其实我并不是否定你,我只是想要回我自己的生活。"

其实,无论哪种性格,都应该深刻地从骨子里明白一点:自己的人生必须自己负责。

但是,四种性格相比,红色和绿色的确更不愿承担责任。而在推动他们的过程中,推动者常常容易犯的错误是拔苗助长,总是试图帮红色或绿色搞掂本该他们自己负责的事情;当推动不成时，自己赤膊上阵，最终越俎代庖，还是没有真正让他们自己站立起来。所以，推动者必须明白的是，一定要教会红色和绿色：自己负责才是王道。

那么推动的方法到底是什么呢？很简单，还是我们性格色彩中最重要的"钻石法则"——用适合他性格的方法去对待他。

对红色男人：切勿"用力过猛"，过于大力的推动会让他恐惧和逃避。不时地给他认可和赞美，尤其当他对自己失去信心时；而在他过于自满，看不到自己的问题时，适当地给予提醒和泼冷水，既做他的冰，又做他的火。

对绿色男人：不断帮助他明确目标是什么，经常鼓励，时时督促和提醒，可以让他把事情做得更好，但不要奢望他接受巨大的目标和太困难的任务，也不要抱怨他激情不足。既然你选择了绿色男人，就好好欣赏他的温良恭俭让，而不要逼迫他变成丛林猛虎。正所谓，你可让羊做更好的羊，但你不可能让羊变成狼。

有一种爱很难

　　一言让你直上云霄,一语让你坠入谷底。对于喜爱与人打交道又极其在意他人评价的人来说,认可和赞美,能叫他起死回生;批评和挑剔,会令他生不如死。

有一种爱很难

当你自己的女儿长大后,你会把含辛茹苦好不容易拉扯大的她随便交给一个毛头小子吗?多数父母都是宁可错杀一千不可有半分疏漏,因为赌不起女儿的一生。你说你是潜力股,未来一片美好,天下这么说的人多了,该相信谁?就算女儿嫁给一个成功人士,都未必幸福,何况是你?

一个男孩的女友父母嫌他家太穷,觉得这小子以后不会有啥大出息,坚决不同意他们恋爱。于是,这小子一边沮丧地放弃了爱情,一边以阿Q精神大声告诉自己"老子将来会很有钱",然后,一个人扭头上路了。这种故事,也许你从各个渠道听了很多,说不定你自己也经历过这样的事。

他的这种做法很容易触动我的回忆。当我回首往事,为自己年少时处理这种问题时愚蠢的做法汗颜时,才发现这是每个人成长的过程中势必付出的代价。假如时光倒流,我一定不会做那样的选择。所以当我在节目上听到他面目凄惨地诉说这个故事时,我问他:"为何你当时不敢去和女友的父母PK?"其实这是今天的我在拷问当年的我,虽然我的性格没有变,但经过深刻洞见后的我,已经可以面对自己内心的虚弱,故有此问。

此后,我收到大量来信。其中一半是男性观众和读者,他们女友的父母要么家财万贯要么声名显赫,当遭遇压力时,这些男人皆苦恼于是放弃还是去单挑。另一半女性观众和读者,她们即使不算名门之后也算大家闺秀,父母不同意她们下嫁,认为至少需要门当户对,她们发愁如何与父母抗衡,更发愁如何让男友在打击下振作起来。譬如以下这封F的来信中的情况就很普遍:

我的家庭,不算豪门,但在我们这种偏远城市也算是名门望族。爷爷之前做过县委书记,后升至地级市的人大主任,性格较强势,现在虽已退休多年,但那种气势还是会有的。

大学二年级打工时认识了我现在的男友。当时我去一家手机公司兼职，他大专毕业刚参加工作。我们就这样相知相恋。现在算起来，我们在一起有五年多了。他家的情况不算好也不算太坏，父母之前在企业工作，企业垮了后在家开了个餐馆，一年收入有十几万。大学毕业，我又在西安待了一年，之后在妈妈的催促下，就回到家乡。他为了我，辞掉西安的工作，也跟了过来。也许他过来前，我没跟爷爷打招呼吧，他对我的男朋友很冷淡。其实这种结果也在我意料之中，我知道爷爷的喜好是什么，他希望我找一个门当户对的男人当老公，但是我却忤逆他的意愿，更甚的是我连男朋友都带过来了。

他不仅气我的男友，也很生我的气，总之现在不爱搭理我，买来送他的东西，当着面说不要，吃饭的时候我做的菜他连筷子都不动一下。之前爷爷说欣赏读书人，只要成绩好，他都爱。所以他特别喜欢我堂叔那个在大企业当业务员的老婆，总说她英语好，才能去那种地方上班等等。更令人崩溃的是那次吃饭，我们大家坐一桌，爷爷不停地给堂婶夹菜，招呼她吃这个吃那个，对我的男友简直是……真的说出来都挺郁闷的。我知道那是他故意表现出来的，但是，一个老人家，心胸用得着那么狭窄吗？那顿饭之后，男友悄悄对我说：老婆，你这次公务员的考试，一定要考得比堂婶好。听了男朋友这句话，还是挺崩溃的，为什么他说的不是"老婆，相信我们以后一定会比堂叔堂婶过得好"？

男友工作时很有激情，很积极向上，失去工作的时候却很消极，我想他的性格一定有红色，具体还掺杂了什么颜色，暂时不得而知。我真的很想帮助他改变一下现在的这种状况。乐嘉老师，以您的经验，提点意见或者建议可以吗？我想，直接把爷爷奶奶"摆平"，现在来说，还真的是没有可能的，只有等我们有能力活得更好以后，再将他们"征服"。现在这条路具体要怎么走，我们正在规划中。对于男朋友现在以及即将面临的种种压力，您能否给我们提供点意见及建议？

针对这个问题，以下的教训和经验是前人的血泪凝成，多读几遍，以史为鉴，可知成败，从而可知进退。

长辈为何会反对？因好事被阻挠而愤愤不平的年轻小伙子们，对女友的爹娘们是这样解读的：一、你们担心我没能力让你们女儿过上好日子；二、你们担心我娶你们女儿意在图谋你家钱财。前者是对俺能力的不屑，后者是对俺人品的怀疑，血性强的小伙子一般都会跳脚。

这样的分析不能说没有道理，但真实的情况是，并非天下所有的父母都是因为你穷所以看不上你的。设想一下，当你自己的女儿长大后，你会把含辛茹苦好不容易拉扯大的她随便交给一个毛头小子吗？多数父母都是宁可错杀一千不可半分疏漏，因为赌不起女儿的一生。你说你是潜力股，未来一片美好，天下这么说的人多了，该相信谁？就算女儿嫁给一个成功人士，都未必幸福，何况是你？所以，如果你的条件拿不上台面，对方的父母给你些脸色和难堪，这些都很正常，算是给你个下马威。如果你能不战而退，这样最好；如果你不退，也算是给你些压力，掂量掂量你在这件事情上的分量。

还有一种可能性，就是男方在对方父母不同意后愤愤不平，却不肯承认自己是有问题的。我表妹的男友初次见我舅妈，不够自信的他当时就吓蒙了，事后舅妈跟表妹说："这种男人没出息。我不在乎他现在怎样，但他连对于未来的自信都没有，你跟他还有未来吗？"一时间堵得表妹说不出话来。

当对方父母的态度出来之后，因为不同男人性格的差异，到底会有怎样不同的反应和最终结局呢？先来看基本推演：

红色小伙儿：我一定要大家都认可我、接受我，否则我会很痛苦

某男大红性格，与一位书香门第的女子相恋。女子的学历、家境和薪资均比他高出一截。女方家长从一开始即强烈反对。刚开始，家长的阻挠燃烧起红男强烈的爱火，势要把整颗心献给委

身下嫁（其实还没嫁）的女子。每次见面，话题总围绕着"你对我太好了，我们要一起想办法让你父母接受我，不能让你一直受委屈"。但他的主意总是那么天马行空，一会儿说要一起出国留学，逃开这是是非非，"到一个没有人的地方去"，但盘算了一下，发现没有足够的资金；一会儿说要努力考研、考博，拿到学位以后衣锦荣归，必能得到家长的承认，但努力了半个月，终因毕业已太久，对书本生疏吃力而放弃。一会儿说："如果我跪在你家门外，他们不答应把你嫁给我，我就长跪不起，是否能感动他们呢？"一会儿说："不如我们假装分手，等他们情绪冷静下来，再和他们说，是否更好呢？"一天之内，想法七十二变，终究没有制定出可行的策略。与此同时，红男的情绪极不稳定，压力大得一塌糊涂，几乎每天都要找一位好友倾诉，诉说自己的苦难处境和为爱坚持的决心。如此折腾数月，女子不堪其扰，提出分手。

红色小伙儿的致命伤是情绪化冲动，无论你是要对父母正面表达"请把女儿交给我"，还是用行动来默默地影响他们，切记不要冲动和激动，对读者来信中的小伙儿来说也是一样。

蓝色小伙儿：他们不理解我没有关系，但你一定要理解

某蓝男是位谨慎守礼的绅士，初次见面，你看不出他出身贫寒。再加上有过一次失败的婚姻，在女友父母眼中，也属于打入另册的品种。蓝男为了事业，离开女友，独自一人从北方来到南方。他从未要求女友跟自己过来，因为女友的家庭十分有钱，父母宠爱，又是独女。女友父母一向反对他们交往，此刻看到他走了，更是如释重负。蓝男也很清楚女友承受的压力，他默默地想，如果她选择了留在父母身边，放弃这段感情，那也是有道理的；但在内心深处，他执着地认为，如果是真正理解他、信任他的人，不会受父母的意见左右。长达半年的沉默后，女友安排好一切，独自背包飞到了他所在的城市。他默默地感动着，但还是什么都没有说，只是在内心许下了一个永久的承诺。

蓝色小伙儿容易出现的问题是，不愿用言语直接表达自己的想法，总是需要别人来彻底地读懂自己，这样别人也会很累，因为这个世界上并非所有人都像蓝色一样是喜欢猜心、擅长猜心的。类似这个案例中的情况，他的沉默转身很可能会被误认为"不在乎"，好在女友非常理解他。

黄色小伙儿：我会用事实告诉他们，他们错了

黄男从一群单身女生中，很快锁定了自己的目标。以容貌而论，她们都差不多，但他看中的她就是比别人懂事很多。这点是他欣赏并且需要的。在一起之后,他总是能第一时间做出最合适的决定,不知不觉中,她什么都听他的,因为他总是正确的。一开始,她没有告诉父母自己恋爱的事情,直到感情发展到谈婚论嫁阶段,不得不说了,却招致父母的强烈反对。一向懂事孝顺的她遭遇了考验,不知道如何是好。

是黄男,用他一贯以来的果断做出了决定,不管父母怎么反对,先去领了证再说。他毋庸置疑的自信心征服了女友,令她做出有生以来对父母最大的背叛举动。领证后,女方的父母气得不参加婚礼,一年多没有和女儿说话。面对情绪低落的老婆,黄男一次又一次自信地向她保证:总有一天,他们会知道他们错了,你嫁给我是最幸福的。最后,他确实做到了。

黄色小伙儿气势十足,但容易给人带来不舒服的感受,先上船后补票的做法,虽然解决了当下的问题,却给父母心里留下长时间的阴影,需要花很多时间来修补彼此的关系。

绿色小伙儿:只要你一直要我,我就一直跟着你

某绿男被女友的父母瞧不起,除了经济差距外,有相当一部分是因为性格原因。女友从小有主见,事事要强,以优异的成绩考入名牌大学,又以优异的成绩在某一世界五百强公司谋得高位。而绿男,只是她工作中认识的一个小公司的基层人员,就前途来

说没法和她相比。女友不顾父母反对,公然带着绿男在家里进进出出,父母整天对她唠叨,她强迫自己忍住不听;而绿男则天生具有一种强大的能力,左耳进右耳出。准女婿这种唾面自干的本领,比起女儿的叛逆不服管教来,更加让父母头疼。女友为了绿男的前途,放弃了在大公司的锦绣前程,跳槽到另一家稍微差些的公司,条件就是让该公司给绿男安排一个比原来好的职位。不想没过多久,公司以绿男能力欠缺不能胜任为由,把他炒掉了。换了其他性格的男人,借助裙带关系找工作已经是奇耻大辱,连这份工作都保不住更加是辱上加辱。一想到自己人中龙凤的女儿找了条毛毛虫,女友的母亲不禁痛心疾首。回到家,竟然看到绿男趴在地上做大马,让女友年方五岁的外甥骑在身上,"驾——驾——",玩得不亦乐乎。"怎么会有这样的男人?"女友母亲仰天长叹。

  绿色小伙儿视自尊心如无物的做法令人叹为观止。大多数绿男不会因为父母的强烈反对而被咔嚓掉,因为他们情绪平稳,不以物喜不以己悲。在外人看来,绿男心理承受能力实在太强大,不用修炼,天然就有《天龙八部》中少林寺扫地僧那样的心境修为,绝非凡人,只是他们往往会因此而付出在家庭中被忽视的代价。

还有一种情况，常出现在红+黄性格，很多见，一并说说。

Y是工程师，跟女友是同事，交往初期并不知道女友家中背景。等到要见父母时，方知女友父母都是儒商，实力十分雄厚，那次见面让Y永生难忘。女友父母来到自己家中，问了近百个问题，尽皆和"父母工作、家庭条件与成员"等等相关。全部问完，Y留他们吃饭，二老不吃，把女儿拉出去谈了一会儿，径自走了。Y问女友："他们是不是对我家里不满意？"女友说是的，看看他的眼神，欲言又止。Y说："没什么，你不用说了。你今天想吃什么，我带你去吃。"然后，他把女友带到最贵的法式海鲜餐厅，点了一大桌子龙虾、鲍鱼，吃完以后，平静地对女友说："我们分手吧。"

Y的性格是红+黄：如果性格是典型黄色，不会受到情绪的干扰，能忍别人不能忍的感受上的折磨和屈辱，卧薪尝胆，直到最后用结果向这对父母证明他们的看法是错的；如果性格是典型红色，虽然会情绪化，但是也比较容易哄，不会有把负面感受持续放大的特点，更重要的是，他们会尽力追求人生中快乐的一面。

而对于红+黄性格而言，问题会极其严重。首先因为主色是红色，他们的情绪波动巨大，且黄色的辅色会让他们更强化自己的负面情绪。其次，他们有强烈的竞争和证明自己成功的欲望，自尊心极强。最后，这种性格组合擅长放大自己被伤害的感受，当他们感到别人瞧不起自己时，内心本能地会认为对方是"狗眼看人低"，然后滋生强烈的毁灭心理。一方面，他们会告诉自己：有什么了不起，你以为我看得起你们家吗？可能破罐子破摔，自己毁掉和女友美好的爱情。另一方面，会强迫自己不遗余力地最终以实力证明对方的错误，即便是悲剧的结果，即便是同归于尽，也在所不惜。

以上列举了重压之下，人们的本能反应，但是在种种重压之下依旧修成正果的，都离不开男女双方的共同努力。这种努力，需要男女双方都不为女方父母的态度所影响，而是以积极的态度去影响父母，攻心为上。

首先，女方需表态：无论发生什么，我都不离不弃

最最忌讳的是男人已经压力很大，女孩不管不顾，把自己的压力继续转嫁到男人身上："你怎么还不多努力啊！""你看！都过去这么长时间了，你还是这个样子，照这样下去，什么时候才能给我爸妈一个交代啊？""你连现在这点压力都受不了，将来还怎么和我爸妈相处啊？"类似这样动辄就搬出父母压人，表面施加动力其实行逼迫之实的言语，对男人全都属于杀手级的摧毁。

还有一件特别需要注意的事情是，如果你是家境很好的女孩，从小养尊处优被宠坏的话，很容易耍小性子，稍不如意便任性和乱发脾气。因为在你看来，这只是在向男友撒娇要求他多爱你一点，但男人的内心会把这件事和"她家里有钱"挂起钩来，本能地认为就是因为你家中有钱，你才趾高气扬，不可一世。那两人不如趁早一拍两散。

安是我多年好友，当他刚刚放弃香港的事业独自来内地发展时，前途一片迷茫。女友家境很好，父母坚决不同意这段异地恋＋贫富恋。但女友在没有告知他的情况下，自己在内地找好工作租好房子，背起小包就来了。这份对爱情的坚定深深打动了安，他的所有顾虑都一扫而空了，而父母再也无法阻止这对年轻人的相爱。现在他们已经是一对幸福的夫妻，拥有两个可爱的儿子，并找机会去向父母道了歉，取得了他们的谅解。在这个方面，应该学习的偶像是黄蓉，管你黄药师同不同意，我就要自己跑出桃花岛，总有一天你会认了我的靖哥哥。

另外一对朋友，林和兰。兰的父母因为林家境贫寒、出身农村而不愿意接受他。父母在外地，每天晚上八点必轮流打电话给兰，告诫她不可以跟这个穷小子在一起。兰每次接到电话，不和父母吵架，也不答应父母的要求，只是默默听着。放下电话，依旧和林在一起。长达一年的时间里，父母把所有亲戚从奶奶到七姑八姨都发动起来加入说服兰的行列里，兰依然不为所动。一年中，父母飞到兰所在的城市探望不下十次，晓之以理动之以情，兰还是没有答应父母去和其他男人相亲。一年后，父母宣告投降："不管你了，你爱怎么着怎么着吧。"于是兰得以高兴地与自己心爱的林成婚。婚后，父母也接受了林，发现他身上有很多有钱人所没有的优点。

其次，男方需要冷静和坚持，无论发生什么，都不离不弃

对于男人来说，最重要的三件事情要牢记：一、积极创造条件，让自己的实力强大起来。二、在实力还不够强大的时候，坚持对女友的爱情，不去制造两人之间的任何冲突。须知大吵大闹是愚蠢的。三、不停地告诉自己，搞掂女友，最终二人美满，你就成功了；如果是因为女友父母流露出来的轻视而和女友分手，你就中了长辈的奸计，你这个笨蛋就输了。在这个方面，应该学习的偶像是郭靖，不管准岳父说啥，永远是抬头笑眯眯，低头没听见，耗也把你给耗死。

说白了，女友家中有钱，最终导致有情人分手，其实是男女双方的情绪都不够稳定，承受不了重压导致的。

男方认为：你父母怎么这样过分，要干涉我们的恋爱自由？你看你一点都不坚决，你应该和你的父母决裂，以实际行动来向他们彰显我们伟大的、美好的、不受压迫的爱情，我们要和他们拼死力争。一旦发现女方反应没那么强烈，或有时略有松动和摇摆，或口出怨言，男方本能地认为女方对爱情的坚守不够执着不够彻底不够革命，想做逃兵，是不是忘记了当初的海誓山盟。而这种情绪上过激的不成熟的反应，会导致女方也连环反弹：你怎么可以这样不负责任地说话？我为你已经付出了我的全部，我和父母过去从来不吵架，现在为了和你在一起，天天吵架，你知道我心里有多难过吗？我父母是不应该瞧不起你，但他们这么做也是为我好啊，你就不能让自己做得好一点吗？你自己不努力，每天还要这样抱怨我，拿我撒气，你不觉得这样做很过分吗？

这样吵下去，除了相互指责、相互埋怨、相互诉苦，狗屁问题也解决不了，最后不是在无休无止的争吵中散去，就是在痛苦万分的相互折磨中拜拜。

早在王宝钏那个年代，这个问题就有了。《色眼识人》第五章中，我早就对这个黄色性格的女娃在当时采取的毅然决然的做法给予了详细的性格剖析。说到底，父母反对的本质，是他们站在自己的角度，认为应该给子女最正确的指导，即使做法可能错误，但从他们的动机而言，无可厚非。如果你是聪明的子女，你应该学会理解父母的性格，学会积极战斗或者积极拖延，而非消极抵抗或暴力抵抗，最终用结果证明你们的幸福,让所有人皆大欢喜。这不需要太高超的人生智慧,需要的只是真正洞察你们彼此和你们父母的性格,然后采取合适的方式。

That's OK!

强爱之下，岂有完卵

只有当黄色性格父母遇见黄色子女时，彼此才会很熟悉套路，但如果遇到的是和自己性格不同的子女，套用现在的一句流行语，就变成"法海，你不懂爱"。爱的本能，你我天生都有；爱的技巧，是需要后天学习的。

有两个母亲，一个红色性格，一个黄色性格。

红色母亲对儿子呵护备至。从小学到高中，母亲每天接送儿子上学放学，儿子读了大学，母亲在学校的公寓租了间房，继续从早到晚地照顾他。在母亲无微不至的照料下，儿子专心学习，成为一名优秀的设计师，在深圳找到一份外企的高薪工作，却无任何生活自理能力。母亲每月跑两次深圳,给儿子做保姆。母亲不在时,儿子活在一塌糊涂中。回首往事,儿子在感恩娘亲大人事无巨细关爱的同时,也无比憎恨母亲心慈手软,没有培养他的自理能力,让他在生活上陷入对母亲绝对的依赖中。

想起自己多年前有个熟人,他不仅完全依赖他的母亲,还觉得这是母亲爱他的表现,他觉得所有的父母都该替孩子安排好一切。他不懂照顾女孩,不说大事,就连对生活中的小事也无能为力,而且非常鄙夷。在父母扶持下,他进了政府部门,每个月的工资花完,还要母亲帮他还信用卡。我说:"你三十了,总该学着储蓄吧。"他说爸妈那有。和他交谈,我时常被噎住。有次我只问了他一句话,他也被噎住了,我说:"那你能为你的孩子安排什么?"

黄色母亲把儿子的事业成功看得比啥都重要。小学时,儿子考试成绩不够好,母亲将儿子提到桌旁,正襟危坐,一字一句地说:"别人能考第一,为什么你不行?是我做的饭不好吃吗?"这句话让儿子无地自容,激励着儿子发奋学习,拿到年级第一。儿子长大,想出国,又怕不适应国外生活,母亲说:"去做就行。"于是儿子去做了。儿子回国创业,没资金,母亲说:"我不会给你一分钱。"儿子找外人借了十万块。事后,儿子创业成功,到还钱时才知道,母亲早已悄悄地帮他把钱还了。儿子从小到大没有感受到母亲的温柔,一直在母亲"打就是亲,骂就是爱"的严厉批判下成长,却走向独立和无所畏惧的人生。

如果说红色母亲是保护孩子的母鸡,黄色母亲就是推动孩子成长的老鹰。老鹰把小鹰推下悬崖,是为了让小鹰的翅膀更快长好,迎接强劲的狂风。两个故事中的母亲都真有其人。红色母亲的儿子是我们的一个学员;黄色母亲的儿子是节目中的一位男孩,他现场讲出母亲的故事,观众无不动容。

故事中黄色母亲的形象与我们传统印象中贤良淑德的母亲不符,但确是黄色性格的真实写照。汶川地震后,人们见面总是互相问:"地震时,你在做什么?"有位朋友当时在灾区的县政府办公楼上班。他的父亲,是当地文化局的局长,当时正在隔壁县出差。一听到地震的消息,他父亲立马开车往回赶找儿子,开到县政府办公楼前一看,整幢办公楼已经完全垮塌,一层一层水泥板压满尸体。黄色父亲只在楼前停留了一下,迅速转向去找儿子,不多久,看到儿子神情恍惚,满脸是泪,歪歪扭扭地在空无一人的路上开着车。儿子看见父亲出现,整个人近乎崩溃,一把抱住号啕大哭,但父亲见了儿子后,却只淡淡地说了一句:"早点儿回去,今天可能要封路。"儿子从小到大从来没有得到过父亲任何的肢体接触,没有拥抱没有抚摸,记忆中自己的父亲就是不苟言笑、无比严厉的。班上其他同学的爸爸可以玩人头大马，他连想都不敢想。当地震这样可怕的事件发生时，父亲居然与平时一样，也没有任何安慰和情感的流露，这让儿子非常费解，甚至憎恨父亲的无情。

红色的儿子需要情感上的安慰，而黄色的父亲重视结果，他的爱不屑也不愿花时间去表达。黄色的父亲还不明白当面临生死时，人们的内心更容易动荡，更需要情感上的慰藉。这样想来，如果世上所有人都是黄色性格，势必无比枯燥，因为那时一切的浪漫都是屁；如果世上所有人都是红色性格，那完了，因为大家天天都在那无病呻吟，有这么多时间，还不如赶紧做事去。

其实，这位兄弟有所不知，他爹并非不爱他，若不爱他，怎会冒生命危险前去寻找？只是他爹的性格是黄色，对黄色来说，优先关注的是事而非人的感受。他并没觉得儿子的恍惚和悲伤算什么事，只是觉得既然儿子毫发无损，问题已经解决，一时的情绪很快就会过去，说什么也于事无补，何必要说？不幸的是，儿子是红色性格，情绪丰富且外化，需要从别人那里得到安慰和支持，以稳定自己的情绪。这就像在很多家庭中，黄色老公可以在老婆生病时，在安顿好她等她睡觉后，继续出去玩他的。他的想法是：反正你也睡了，没啥其他事了，我出去也没有什么关系，陪在旁边浪费时间，也不见得能帮上什么忙，又有什么用呢？

小月是这么向我描述她的父亲的：

儿时，认为黄色性格的父亲不爱我，对我很严厉，很少见他笑。他的眉头总是紧锁而深陷。如果我在生活中受了任何欺负，那都是我的错，因为在他眼里，一个巴掌拍不响，若为人端正，不招惹是非，是非也不会招惹你。所以在我的成长过程中，我从不对他说任何当下的麻烦，若真有诉说需求，只在事后轻描淡写提一下。

于是在记忆中，我的童年、青年总是一个人。住校，独自报到，独自毕业，独自择业，独自搬家。在黄色的父亲眼中，他需要我有独自生存的能力。刚好，我也想远离他的严厉。

待到很多年后，我才明白，父亲的爱不亚于母亲，他只是不懂得表达，也不屑于表达。每年回一次家，迎接我的总是红色性格的母亲，他总会坐在那原地不动。离开时，送我的还是母亲，他依然坐在那原地不动。但随着我年纪的增长，无声中能感受到他内心的翻腾。我承认，我很爱他，但我总找不到和他相处的最合适的方式。近年来唯一一次的送别，他似乎有些哽咽，转过了身去。看他老去的背影，我不屑地把头也转了过去，却没忍住眼眶的湿润，因为我被他训练得已经不知道怎样表达了。虽然，我知道我们彼此都很爱对方。

对于红色来说,情绪得不到宣泄和安抚,其危险程度不亚于身体受伤。为人父母,除了关注孩子的成长和进步,也需要关注他的情绪,尤其对于红色的孩子,如果从小得不到爱抚和"心灵鸡汤",他可能会恨你一生。无论我们的父母是红色还是黄色,他们都是爱我们的,只是他们对于爱的理解和表达方式不同。对于红色父母,我们既要认可他们的呵护和付出,也要控制自己的依赖性,让自己更快地成长;对于黄色父母,我们应多体谅他们天性中不注意感受的特点,更要从他们的实际行动中体会他们的爱。所以,红色和黄色的沟通最大的问题是,黄色总是冷冰冰说事,而红色总是被情绪左右而听不进去。两者关注的重点完全相反,黄色只管认定事情的对错,而红色要听得舒服才听得进去。

不过,对于黄色性格的父母,如果你的孩子是红色性格,下面的故事算是给你一个提醒。

我姨是大黄色性格,早年在我表弟的读书问题上很极端。我的表弟要读研究生,而他父亲不同意。大姨一气之下,把婚给离了,支持表弟读书到底。现在表弟读到博士毕业。学历是很高,但因为对于母亲的批判太过敬畏,从来不敢大声说话,一过十点,如果在外面,必须向母亲大人报告,完全没有做男人的感觉。在谈女朋友上也有问题。他告诉我,他可以把什么都做得很到位,但就是不能爱,不会爱。孩子们都是大人手中的艺术品,在训练孩子成长时,适当地让他们回归自我,享受乐趣,才能更好地发挥先天的优势。天性才是最大的创造力。

　　黄色性格父母教导的子女,虽然表面上看被训练得坚强独立,但内心会无比需要爱。在需要爱的同时,其实自己也根本不知道如何表达爱、感受爱,而只会一味做到"最好",不懂享受生命,变成活生生的机器人。另外,因为在成长的过程中,黄色性格的父母很吝啬赞美自己的子女,当子女开始恋爱时,会更加容易去依附他们的另一半,而子女对父母的爱很多也只会停留在尊重、敬畏和责任上,不太愿意和他们交心,觉得他们太冷酷了。所以,只有当黄色性格父母遇见黄色性格子女时,彼此才会很熟悉套路,但如果遇到的是和自己性格不同的子女,套用现在的一句流行语,就变成"法海,你不懂爱"。爱的本能,你我天生都有;爱的技巧,则需后天学习。

最亲的人，最真的话

一言让你直上云霄，一语让你坠入谷底。对于喜爱与人打交道又极其在意他人评价的人来说，认可和赞美，能叫他起死回生；批评和挑剔，会令他生不如死。

当年有太多人对我质疑："嘴上没毛的小子也能做培训？定是那跳大神的江湖把戏。"如今，说话者的面目早在脑海中模糊，但那些恶毒的言语在相当漫长的岁月里铭心刻骨。所幸，一路上有很多亲近的人陪伴，让我有勇气理性地屏蔽批判，用他们的表扬和鼓励来自我滋养，把受伤害的感受转化为前行的动力，一直走到如今。

某男，原来在国内某歌剧院唱歌，天赋一般，没能在众人中干出名堂，于是留学到俄罗斯镀金，与同校同专业的学妹相恋。回顾情感经历时，和女友的分手原因竟是女友无心的一句："你无论哪方面都比不上我。"

两人同修声乐，女友天资聪颖，俄语一念便会，曲谱一遍就通，男孩却要笨鸟先飞，每天学十几小时才能勉强跟上。当女友说出那句话时，男孩内心的斗争是："如果我是个不学无术的人，你这么说我，我不会介意；但你明明看到我那么刻苦努力，为何还要如此说我？"此后三年，本应比翼齐飞的一对情侣冲突不断，男孩每每想起那句话，就如同眼中沙，让他痛苦不已，无法释然。为了证明自己，他更加变态地头悬梁锥刺股，终于毕业会考全班第一，但感情也从此画上句号。

为前女友的一句话纠结三年，让人费解，何必如此跟自己过不去？对这个男人来说，理应换个角度思考问题：即便前女友的话让你不爽，但反过来，也正是这个女人刺激你更刻苦，最终能小有所成，你该大大地感谢这个曾经刺激你的人才对。可惜，他本人目前还是无法放下，依然更多看重自己"苦"的心路历程，并未关注最终获得的"甜"的结果。

当这个男人听到这样的说法时，异常强烈地表达这样的意思："如果别人说我不行，我不会那么在乎，但她是我最亲的人，她明明知道我有多在意她的话，却还是那么说，所以我受不了。"有位女生问道："如果她换种方式对你说，你是否能接受？"他说："我还是不能接受。"女生不解地说："她是你最亲的人，最知道你的问题和弱点在哪里，如果连她都不把最真实的情况告诉你，那怎么行？"

不同性格的人对于赞美和批评的态度截然不同。在性格色彩中，红色性格喜欢赞美，抗拒批评；蓝色性格不易相信赞美，喜欢批评自己也喜欢批评别人；黄色性格除了对大人物的大赞美有所受用，对小赞美没啥兴趣，对于他人的批判性强；绿色性格不以物喜不以己悲，赞美和批评对他们的影响都很小。

情绪化、感性易冲动、强烈需要别人的认可，这个学声乐的男孩按性格色彩来说属于红色。在艺术殿堂求学的过程中，外界给了他太多批评和压力，他内心渴望在最亲近的人这里得到释放及获得力量，所以当他得到的不是赞美而是批评时，内心无法承受。而那位发问的女孩和他的前女友一样，性格中都有黄色，更重视以快刀斩乱麻的手法解决问题，所以她无论如何也无法理解这个男人：难道最亲近的人不是更应该发现你的问题，指出你的弱点，帮助你改进吗？难道你还指望你亲近的人不停地说你好话吗？正因为是你的亲人，所以才有义务不停地批判和督促你，帮助你成长啊。

在生活中，这正是许多红色和黄色搭配的家庭里可能出现的冲突：黄色性格，总是致力于帮助另一半，"我给你批判，是希望你做得更好"；但遗憾的是，红色性格需要的是"你给我鼓励，我才会做得更好"，他的心声是："我在外面已经很辛苦了，所有人都不认可我，回到家里，我不需要你给我批评，我希望你说我好，哪怕你说的是假话。这样我才有动力继续前进。"切记，对于红色性格来说，强压之下他们需要的是释放和再充电。

黄色还有一个特点，当他们在表述自己的观点时，总是自信、肯定和绝对。工作场合，常见句式有"你怎么都做不好""你干啥都不行"。有时黄色本意并非将人一棒打死，而是恨铁不成钢，正因为对方是自己着力培养的部属或身边的亲人，黄色才会用激将法和高压法，以期刺激出对方的最大潜能。但是，如果对方恰好是个平时就少被鼓励的大红色，自信心本来就只有屁大的一丁点儿，再被黄色这么哐啷一锤，不仅达不到黄色希望的知耻而后勇，反而对黄色产生强烈的排斥和痛恨。结果就是，黄色因为知道自己在鞭打中会跳得更高，以为别人都跟他一样，不承想，就那么一记，红色就此趴下。所以，如果我们不了解自己和他人的性格，用对待自己的方法对待他人，永远得不到我们想要的结果。

讲究批评的方式，是门大学问，有时鼓励的作用大于批评，所以请不要吝啬自己的赞美。但人们往往最容易伤害自己身边的人，对于最亲近的人，他们觉得再怎么伤害对方都不会介意，介意了之后也会原谅，此乃"杀亲"。杀亲者有所不知，红色，伤不起；黄色，要婉约。

究竟对最亲近的人应该说"好话"还是说"坏话"呢？说好话，怕他翘尾巴；说坏话，怕他爬不起。我的观点是，当外界普遍说红色好的时候，作为最亲近的人，你该用适当的方法，让他明白自己的不足；当所有人打击批评他的时候，你一定要站在他身边，鼓励温暖他，因为只有你才是他唯一的动力。

如果你是黄色，你可能真的很难理解这种动力，你会觉得只要说得对的就该接受，难道做对的事还需要别的动力吗？人难道不该为自己负责吗？但是，请你记住，人与人，天性的差异是巨大的，不同性格的需求不同，对于红色而言，那个鼓励他温暖他给他力量的人，的的确确是他唯一的动力！

擦肩而过

　　浮世之中，太多人或事会擦肩而过。最终留下来的，就是合适的长久的东西。当不知某个约定该守不该守时，给自己一个时间的底线，让时间来告诉你真相。

折腾和体验

很多人大声宣告"我玩够了,所以我靠谱",却不知"玩"有两个定义:折腾和体验。折腾多了自然会筋疲力尽,折腾累了自然想要安稳;但体验的奥秘不同,它的关键是每次都是新鲜的,怎么可能会疲倦?只有在一种情况下,此语才成立,即此人在未开始前,便已知结果,并已经历过此结果。

常常看到二十来岁的小伙子表情深沉、双拳紧握地在节目上当众自白:"我过去年少轻狂,经历过太多,从现在开始,我的人生拒绝再玩!我要认真走入一段婚姻,开始全新的严肃人生。"与之相反的是,有些四十几岁恋爱经验为零的人,仍在心力交瘁地寻找爱情的感觉，渴望从天而降的一见钟情。

有个来参加节目的三十岁男人，自称"脖子以上奔放，脖子以下保守"，从未正式谈过恋爱，跟女生交往时间最长不超过三个月。生活中有很多人为他介绍对象，但他总嫌那些女生平淡，一心想找个时尚妖娆、懂得情趣、喜欢变化、会闹脾气的女友。细究他的成长经历，发现他本性活泼开放，但家教严苛，早已压抑了他的活力，从小就是乖乖男式的好学生。名校毕业，根正苗红，拥有一份稳定工作，不需努力就能获得高薪，被众人羡慕，但他自己在生活中感觉呼吸到的只是乏味单调、了无生机、死气沉沉的空气。他的种种反应，全都是因为天性中他对生活体验无限向往，对生命广度无限渴求，对人生折腾乐此不疲。可惜他在后天成长中，受到外在的压迫，本身激情无法释放，自由无法舒展，故而，表面上温文儒雅、温良恭俭，但其实他对情感中的刺激有了因被压抑而愈加强烈的需求，如果有合适的时机，定会加倍反弹。

另一个参加节目的男人，年纪不小，曾有一段漫长的婚姻，离婚的原因是他希望有独立的空间，最好能和妻子分住两房，周末鱼水交欢。这种想法，源自红色热爱自由和讨厌被束缚的特点，当老婆变得越来越黏人时,他感到呼吸困难,无以为继,最终只得选择分道扬镳。有意思的是,当他面对两个喜欢他的女人,出了一道看似无厘头的题目:"1+1在什么情况下不等于2?"其中一女无比气愤地说:"你怎么这么小儿科!我很讨厌别人问我这样的问题。"另一女温婉地表示不想回答。最终,他选择那个跟他怄气的女人。他说:"有些事我做了,可能会后悔;但如果不做,我会更加后悔。"在他内心深处,宁愿要一份短暂但深刻的爱情,哪怕饮的是鸩酒也烈过水,燃的是烟花也绚过烛。相敬如宾不是他想要的爱的方式,床头吵架床尾和才是。

必须向诸位汇报的是,这两个男人,都属于以快乐为导向,天性中渴求刺激和新鲜感的红色性格,只是成长环境不同,人生经历各异,看起来很不一样,内心的渴望是相通的。

如果你以为只有男人才会有如此需求,那就大错特错,女人亦一样。鱼儿是这么对我描述她的内心的:

为忘记旧事,开始新生活,我接受了一位品正貌端、无不良嗜好、继承家里多项生意的好男人的追求,他给了我极大的安全感。虽然谈不上爱,但他很靠谱,我还是深信感情可以慢慢培养。一个月过去了,此人除了每天吃饭、接送、嘘寒问暖、送汤送生活用品,和我没有任何肢体接触,连手都没碰一下。初次来家送汤时，礼貌端正，站门口不入闺房，我很赞赏。待三个月过去后，依然对我相敬如宾万事谦恭，只要有任何事不对，他总揽下说是他的错。问好友，三个多月未有丝毫肢体接触的男友，是我有问题还是他有问题，好友答你们都有问题。我继续问怎么办。好友说，你可以主动牵他手呀，但问题是我压根没有想牵他手的那种冲动。对于像我这样一个小时候也是被强迫训练成乖乖女的红色性格而言，有时遇上太严肃太平淡的人，不管他看起来多么适合长久走下去，情绪不在一个频率，情感不在一个轨道，真的真的无法继续。

想起不知道是哪部电影里的一句台词："可能是小时候太四平八稳，长大后总容易爱上一些有趣的事和有趣的人。"

为何看上去完全不同，但又可确定他们都是红色性格呢？因为红色对于刺激和变化的需求度最高，也最乐于表现出来。在这个问题上，四种性格有不同的走法：红色天性情绪波动较大，喜欢大起大落的快感，没有刺激也要去寻找刺激，从折腾中体验人生的快乐；蓝色内心波动也较大，但由于对安全感的需求较强，所以蓝色总在走安全路线的同时，内心细腻地感受着一切，喜怒不形于色；黄色情绪波动较小，以目标为导向，对于过程力求简单直接快速；绿色情绪平稳，懒得动弹，可以走千百遍老路、吃同样饭菜而不厌倦，觉得生活就应该是简单的重复的不变化的，变化多累啊。

很多人大声宣告"我玩够了，所以我靠谱"，却不知"玩"有两个定义：折腾和体验。折腾多了自然会筋疲力尽，折腾累了自然想要安稳；但体验的奥秘不同，它的关键是每次都是新鲜的，怎么可能会疲倦？只有在一种情况下，此语才成立，即此人在未开始前，便已知结果，并已经历过此结果。

对于前面那位未经世事，一心只想飞蛾扑火的未婚男人，在年纪还小时，没有得到对于新鲜体验的足够满足，随着年龄增长，放弃已拥有的生活将付出的成本会更大，而压抑也越发强烈，内心的渴求会更强烈，他做决定也越困难，两者的冲突会让他一直在矛盾中徘徊，想要婚姻却总也无法走入。等到有一天，他会走入一段自己也不知道为什么要走入的婚姻，仅仅是因为旁边的人告诉他：这是你应该配合的生活。用不了多久，他的人生就会像《美国丽人》中的中年男人莱斯特说的那样："在不到一年的时间里，我将会死去。"直到另外一个他毫无抵抗力的妖娆女子出现，让他彻底明白，原来自己一直没明白生活之伪与生命之真。

如果我是他的家长，会更多地给予他选择自己人生的自由，而不是把我认为好的硬塞给他。只有经历过足够的体验和尝试，他才能真正明白自己要的是什么，活出真正快乐的自我。

对于后面一位离婚男，我希望他的故事不要被女人误解为"男人就是贱""你越对他不好，他越是喜欢你"。其实他要的也很简单，无非是一点点自由、一点点刺激，就像鱼香肉丝里的那一点辣，给他的人生调调味。性格没有好坏只有差异，爱情里的选择也谈不上对错，如果你真的喜欢上红色男人，切莫抱着"但愿生同衾死同坟"的严肃劲儿对他，这只会给他莫大的压力，把他吓跑。一个真实率性、不装、不迎合他的女人恰恰是他喜欢的，当两人各不相让，火星撞地球时，这种碰撞所产生的刺激火花，正是他需求的。

最后，要对生活中追求刺激和变化的朋友说一句：我很理解你们，因为我也是这样的人。可惜的是，人生中，平淡和激情，两者终归需要有个平衡点。你想要的太多，难免不知道自己要什么，更不可能找到自己人生的平衡，你会不停地付出人生的代价，直到你成熟的那天。

其实你就是在逃避

他对她说:"我不值得你对我这么好。为了对你负责,我还是决定离开你,以免将来伤害你。你该去找一个更好的人。"说话者很清楚这份感情敌不过他预感到自己将要承担的代价。表面上,他"对女方负责"而放弃了和她在一起的快乐;实际上,他不想面对困难,而逃离了"继续下去"所需付出的代价。

有个小魔术师,因为一次魔术表演失败被台下观众嘘了,就突然放弃了热爱的魔术事业,去当了记者。单凭这点,就足以断定他是红色性格。红色性格受情绪所左右,一旦遇到打击就情绪低落,需要用新的刺激或变化让自己振作起来。

因为红色性格内心深处的最核心动机都差不多,所以对这个人的抽丝剥茧变得非常简单。

我问他:"你以前做魔术师时,每次表演都成功吗?"

"成功。"

"既然你过去那么多次演出一直很成功,为何只有一次失败就选择放弃?"

"因为我觉得我不应该犯那样的错误,我为了对观众负责,所以中止了自己的魔术生命。"

"你有没有想过,以前你魔术那么成功,有很多观众是喜欢你的,你放弃魔术,对他们来说真的负责吗?"

"因为那一次失败,我觉得我没有能力去完成他们希望看到的精彩魔术,所以我放弃了,也是对他们负责。"他悲壮地说。

他让我想起我们的一位性格色彩授证讲师。他曾是校田径队的尖子生,每次跑步都稳拿年级第一,一次赛跑输给了一位个头矮小的同学,因此放弃了练习八年的田径,转投篮球队。打了三年篮球,一直是主力,非常出色,市篮球队来学校挑人,没有挑中他,于是他又不愿意打篮球了,改去游泳。时至今日,他拥有不少运动的初级和中级证书,连最冷门的皮划艇证书都有,唯独没有一门运动是真正可算得上职业级的。小时候和他一起练球、一起跑步的同学中有进入国家队的，想想当初，这些人的能力和成绩都在他之下，只是因为坚持而最终成功。他参加完性格色彩研讨会后，对自己的人生做了总结："原来我总是以为我不断放弃旧的目标，向新的目标努力，是因为我的目标感强，所以我一定是黄色性格，这些都是我性格中的优点；结果没想到，学习了性格色彩，深刻自我反思后才明白，这种转移目标的行为背后，其实是红色性格的逃避！因为我不愿面对失败，所以用新的目标来转移自己的注意力。原来这些年，我一直没看懂自己，还误以为自己很厉害，不管做什么都能做好，其实都是半瓶子醋，一事无成。"

从事性格色彩培训十几年，我看过太多学员在自己内心的动机被清晰地梳理后那种由心散发的喜悦。以上面提到的这位性格色彩授证讲师为例，当他不知道自己在逃避时，他像一叶小舟漂在茫茫大海上，不知自己位置在哪里，也不知道该向哪里去。也许他可以粉饰自己，鼓励自己说"我是传奇呀"，可痛苦的是他自己也不知道去往何方，只有任凭风把他吹来吹去，也许在不断转向中行驶了很久，其实还是停在原地。

魔术师和运动员的逃避，区别在于：运动员用"我很有目标"来粉饰，魔术师用"我要对观众负责"来粉饰。当这种句式出现在曾经热恋的男女的分手表白时，往往是在经过伤筋动骨的争吵或遇到难以解决的问题之后。他对她说："我不值得你对我这么好。为了对你负责，我还是决定离开你，以免将来伤害你。你该去找一个更好的人。"说话者很清楚这份感情敌不过他预感到自己将要承担的代价。表面上，他"对女方负责"而放弃了和她在一起的快乐；实际上，他不想面对困难，而逃离了"继续下去"所需付出的代价。

同理，一个男性朋友从来没跟女友提出过分手，即便他早就已经不喜欢对方了，这也是逃避。他并不知道，其实他是在推卸责任，他总是想让别人去做恶人，仿佛分手之后，自己是受害者，可以得到别人的同情，而且自己是没有责任的，"因为不是我提出的啊"。在遇见问题的时候不解决，期待问题自动解决或者由别人出手来解决，都是逃避。

不单是红色男人容易逃避，红色女人如果没有了解自己的性格和进行自我修炼，也会陷入习惯性逃避之中。当红色面临压力时，会本能地选择逃避。这就能解释为何爱得轰轰烈烈你死我活的是红色，想爱又不确定爱的也是红色。

一个女孩自豪地说都是她的前任追求她的，只有一个是她主动过的。我问她："你真正喜欢的是哪个？"结果就是她主动过的那个，也是她第一次真正喜欢的人。当时的她对男孩毫无保留，对他不仅仅是爱,而且投入金钱,用她的话说:"吃喝拉撒我都包了。"但结果却是悲剧。后来有好几年她不曾恋爱。我问为何,是否没有喜欢的。答案是有,但都不敢主动,因为第一次的主动带来了阴影。她怕再受伤害,所以她选择等待。

另一位红色女子,有好几段半成品恋情,每次都是即将确定关系时戛然而止。经过极深的追问与剖析,她发现是逃避毁了自己的爱情。

有一个男孩和她是社团活动中相识的大学同学,彼此有好感。四年里少不了花前月下,关系却始终原地踏步。她能感觉到对方喜欢自己,但她总想:"就是这个人了吗?现在就要开始思考:毕业了两人是否能在同一个城市工作,甚至为彼此牺牲和放弃许多东西。"一想到这些,莫名的压力扑面而来,她本能地让自己不要往那边想。毕业后,两人在不同的城市发展。几年后,男孩来到她所在的城市工作,两人都是单身,经常一起吃饭聊天。她感到跟男孩在一起比跟其他异性更放松更开心,但又怕万一自己主动开口了,男孩拒绝了自己,岂非很傻?直到某日吃饭,男孩和另一个女孩共同赴约,她才明白自己失去机会了。又过了一阵,男孩要出国,前来向她辞行,说了很多过往的美好回忆,她几乎按捺不住内心的情感,但最后还是啥也没说。她想着:"他都已经有女友了，我说了也没啥用呀。"男孩出国两年后，回国举行婚礼，新娘不是当初那个和男孩一起出现的女孩。男孩告诉她，其实他一直喜欢的是她。那次那个女孩是倒追男孩，男孩心里并没太在意。对男孩来说，她的态度才是他真正最关心的，因为觉得她不喜欢他，所以才没有捅破最后那层窗户纸。

  回顾往事，其实她有三次机会，可她都逃开了。现在大家明白，其实我们平常所说的"患得患失"就是不少红色性格常有的特点。如果得到，又失去，怎么办？如果我向左走，他向右走，怎么办？如果经历了这么多，最终不在一起，怎么办？但生活就是如此，每个决定都是一个脚印，如果总是驻足在对"怎么办"的思考，那就永远迈不出脚步。

  我对 E 讲了这个故事。E 听完后什么也没说，愣了好一会儿，也不扫我一眼，自言自语起来：

  上次与你提过我和那个 CEO 的事。其实他和我年龄一样大，当时我真的很喜欢他，但觉得人家是剑桥和港大的双硕士，而那个时候自己只是专科毕业，英文也不好，还离婚带个孩子，觉得自己怎么着也配不上人家，就放弃了。这是我这一辈子做过的最让我后悔的一件事。事实证明你选择了一个条件不怎么样，嘴巴里不停地说一辈子爱你的人，最后他还是会变。反而不如跟人家

CEO结婚生子,生活过得稳稳当当。后来我发了一条微博,话我记得很清楚:有时候你以为找个普通人就可以过普通生活,其实大部分普通人都不愿普通,他们不甘平淡,都有宏图大志,反而可能找个不普通的人倒可以过普通生活了。

为了安慰她,我只能对她说,逃避这种事儿当属双方的合谋,如果遇到的是不允许你逃的男人,看你天涯海角往哪儿逃。想来那个男人也是顾及颜面抑或不想让她觉得自己纠缠不清,故而态度不够坚决,所以也放弃了。但若是老天眷顾,再有一次机会降临,你若认识不到自己性格的局限,不克服逃避的心态,就算天天都能路遇爱情,最终还是会和自己想要的人擦肩而过。有时,把握机会并不需像"妹妹你大胆地往前走,莫回头"那么大的胆,只需抬个手,敲个门。

你怎么可以不爱我

我常在台上对那些为了某个女生而来的男人们说的话是:"你爱的只是爱她的那种感觉。"因为他们所爱的人根本不可能爱他们,只是他们自己以为坚持爱一定会感动对方,有的人,最终会采取走向极端的做法。这种故事屡见不鲜。初级的恐怖,用"自残"来吓唬或验证给对方看,"我这么爱你,你怎么可以不爱我";高级的恐怖,则是玉石俱焚、同归于尽。他们的偶像就是游坦之,他们常昭告天下和自我安慰的话语是:"你们看,我的爱情是何等伟大!"

《天龙八部》中的游坦之，为了阿紫甘愿舍弃光明。我一直单纯地以为那是小说里才有的情节，是作家艺术加工后用来煽情的。但是，这些年，当我在节目里见到无数声称是为了某个女孩特意前来的男子以后，才发现那可能不是假的，即便在现实中也大有人在，只是我们自己见识浅薄，不能理解而已。可正因为见多了，越到后来，越是麻木。对于没见过这种场景的人们，每次见到都难免觉得好生感动，如今我却觉得好生悲哀。

　　我遇见的第一个这种类型的男子，手捧一簇鲜艳的明黄菊花，当中夹杂着几朵零星的白色小雏菊，为了台上某个女神而来，遭到众人耻笑，人们给他起了个绰号"菊花男"。我记得当时曾经问他："小兄弟，以你的收入养得起她吗？"他说："卖肾也要养。"我又恶毒地追问："如果她要你的眼睛呢？"小伙子目光坚定、嘴角颤抖地说："我现在就挖。"他的神情把我吓到了，我从他身上看到了现实版的游坦之。

　　游坦之初见阿紫，是在一个蓝天白云的下午，阿紫穿着那件著名的淡紫色衫子，牵引着纸鸢的线，快活地拍手笑着。用性格色彩来分析，阿紫姑娘就是快乐张扬的红色。那时的游坦之，从聚贤庄大少爷刚变成阶下囚，家破人亡，手无缚鸡之力，天性同样是红色的他，因为受到家庭突变的强烈压抑，整天生活在屈辱和痛苦中，没有了快乐。游坦之一眼看到阿紫，为她的美貌和精灵所震撼，首先出自男人的本能，但此后眷眷思之死而不悔的劲头，其实源于一个缺乏快乐的压抑红色对于另外一个张扬奔放红色的无限向往。游坦之对于阿紫的情不能解，其实是他无法突破自身的困境，即使得遇奇缘，学会绝世武功，内心的卑贱感知屈辱感并没有消失，对阿紫的迷恋终不能解。如小说《麦田守望者》中，主人公想象一片金黄的麦田，代表光明和希望的孩子们在上面跑来跑去，但麦田边就是悬崖，希望之光随时可能陨落，他愿意做一个永恒的守卫者，守卫着内心的梦想和希望。阿紫对于游坦之来说，就是那片麦田，为了守护这黑暗中的一线光明，他愿意挖出双眼。而当阿紫死了，他的希望也死了，跳崖以殉。

杨丽娟迷恋刘德华，荒废学业的同时，使尽浑身解数，花光爹娘的钱去见那梦中的新郎，最后，杨父跳海而死，杨丽娟被所有人唾弃而终不悔。究竟刘德华能带给杨丽娟什么，让她如此痴迷？从报章上可以读到，杨家一直生活在贫穷中，从小她所渴望的爱与快乐都没有得到，在这精神贫瘠之中，杨丽娟将英俊潇洒的刘德华作为她的理想伴侣和人生目标。从她的行为来分析，她同样也是受压抑的红色性格。

为何一个压抑的红色性格，会有如此强大的追梦动力呢？这还要从性格色彩的核心——"动机"谈起。

红色以快乐为核心动机，他们天生在任何事情上都有寻求乐趣的本能。我曾到过一个红色学员的办公室。他在一家软件公司任技术总监，在他的办公区域安放了一张乒乓球桌，设置了一个咖啡室，甚至修建了一个迷你的攀岩馆。他的解释是："这样才有编程的灵感。"一般来说，红色只要在宽松的环境里成长和呼吸，他的快乐和开心就会感染到周围的人。

很不幸的是，有些红色，从小成长在一个较为黑暗与压抑的环境里，长期得不到周围人的关注和认可，甚至经常被打压和批判，他们做的所有事情都被说成是错的，他们经常被拿来和其他人做对比，对比的结果总是被排在最末位的"丑小鸭"。他们慢慢地成为他人取笑的对象，没有人认为他们的存在有多大的价值，自然，也不会有任何异性青睐他们，他们被人们嘲笑"癞蛤蟆想吃天鹅肉"。

这种类型的人，在现实生活中，如果他们喜欢的人也瞧不起他们，他们完全绝望时，在突发事件的刺激下，会产生仇恨和报复心；但是，如果有任何人给予他们一些其他人从来不曾给予的帮助和温暖，哪怕是一个友好的微笑，他们也会将其视为一生中最大的恩人，当牛做马誓死回报。在现实生活中，如果一直没有出现这样的温暖者,他们内心所有的渴望和呐喊最终只能不停地在荧幕上寻找投注的对象。

在每个寂静的黑夜,游坦之睁大双眼,幻想着阿紫的身影时,杨丽娟也在幻想她的偶像刘德华的一颦一笑。这种幻想,因为没有现实的土壤,没有双方的交流和互动作为基础,所以不能称之为爱情,也不可能像正常的爱情那样有正常的结局。这种迷恋的结果,通常是幻灭。幻灭之后的游坦之,纵身跳下悬崖;幻灭之后的杨丽娟,又将去哪里?他们不知道,其实他们爱的只是心目中幻化的那个会喜欢自己的人,而不是真正的那个人。更准确地说,他们其实只是在感动自己。

正因为如此,我常在台上对那些为了某个女生而来的男人们说的话是:"你爱的只是爱她的那种感觉。"因为他们所爱的人根本不可能爱他们,只是他们自己以为坚持爱一定会感动对方,有的人,最终会采取走向极端的做法。这种故事屡见不鲜。初级的恐怖,用"自残"来吓唬或验证给对方看,"我这么爱你,你怎么可以不爱我";高级的恐怖,则是玉石俱焚、同归于尽。他们的偶像就是游坦之,他们常昭告天下和自我安慰的话语是:"你们看,我的爱情是何等伟大!"

想想自己,也暗恋。年轻时常常暗恋,现在也会,只是比年轻时更懂得"攻城不下,不必执着攻之"的真正意义,并趁早自断其脉,斗转星移。但不管是现在还是过去,暗恋的那种感觉也都还算快乐,并没有求而不得之苦,而且因为内心所喜欢的那个人会引领自己更加勇敢地去向往,所以还算积极。在拙著《谈笑间》中,对游坦之们写过这样的话:"如果你追的人和追的过程,能让你成长,得到启迪和营养,让你能与你心中想成为的人越来越近,你要用心去追;如果你追的人和过程,只让你单方迷恋,只是为追而追,那是你的悲哀。无论你追的是谁,千万不要以为你追的对象会因为你的狂热和付出而感激你或心生感动!"

在追求自己所爱的人时执着与礼貌并驾齐驱一事上,迄今我没见过超越金岳霖的男人:

林徽因去世后的某天,金岳霖突然把老朋友都请到北京饭店,没讲任何理由,让收到通知的老朋友都纳闷。饭吃到一半时,金岳霖站起来说:"今天是徽因的生日。"闻听此言,有些老朋友望着这位终身不娶的老先生,偷偷地掉了眼泪。

多年后,金岳霖已是八十岁高龄。可当有人拿一张他从未见过的林徽因的照片来请他辨别拍照的时间地点的时候,他凝视良久，嘴角渐往下弯，像是要哭，喉头微微动着，像有千言万语哽在那里，最后还是一言未发，紧紧捏着照片，生怕照片中的人飞走似的。许久，才抬起头，像小孩求情似的对那人说："给我吧！"

林的追悼会上，他为她写的挽联格外别致，"一身诗意千寻瀑，万古人间四月天"。四月天，在西方总是用来指艳日、丰盛与富饶。她在他心中，始终是最美的人间四月天。他还记得当时的情景，他跟人说，追悼会是在贤良寺举行，那一天，他的泪就没有停过。

有人央求他给林的诗集再版写一些话。他想了很久，面容上掠过各种神色，半个世纪的情感风云在他脸上急剧蒸腾翻滚，仿佛一时间想起许多事情。但最终，他仍然摇摇头，一字一顿地说："我所有的话都应当同她自己说。我没有机会同她自己说的话，我不愿意说也不愿意有这种话。"他说完，闭上眼睛，垂下头，沉默了。

林徽因死后，梁思成都续弦了，金岳霖却终生未娶。金这种爱意，与游坦之相较，如何？疯狂燃烧付出与默默无闻坚守，哪个更难，你来评价。

我一直在想，为何有人会成为游坦之有人却不会。想来想去，可能是在你因暗恋别人而痛苦时，也会有人因暗恋你而痛苦，如此，你内心就能得到平衡。这个世界本来常常就是你爱的人不爱你，爱你的人你不爱，而那些永远只是暗恋别人从来没被人恋过的人，因为缺乏平衡，心态容易极端。那么当你的周围有了游坦之，如何帮助这些可怜可惜可叹的红色性格呢？以下三点是必需的：

一、帮助压抑红脱离原先压抑的环境。红色天性最容易受到外界影响，面临情感的困境，很难单靠自己的力量走出来。以杨丽娟而论，她不适合继续生活在到处响着二十年前老歌的小镇。那些因为看了电视，就对电视节目中的某个人疯狂地喜欢乃至病态极端的人，在自己的生活环境中，必然有一些让他们压抑痛苦的因素，需要找到那些因素是什么，从而加以解决。

二、通过鼓励和认可，让压抑红逐渐把注意力的重心转回自己身上。一个疯狂追求幻象者的麻烦，在于他把所有的人生奋斗目标和理想都寄托在自己的幻象身上，为幻象而痴，为幻象而狂。与之相像的还有一个小说人物——《聊斋志异》中的子楚。子楚在庙会上邂逅美人阿宝，便为她疯狂，不饮不食，一心想着她。子楚是六指，阿宝说讨厌六指，子楚便把多的一指剁去（和男孩挖眼睛的想法一样）。可阿宝还是不喜欢子楚，子楚竟然痴迷到附身在鹦鹉身上，天天飞在阿宝身边追随着她。在这种情况下，单纯劝说并不能让本人改变主意，而应该帮助他发现他人生中其他的重要动力，针对他的优势予以认可，鼓励他将心理能量用在有建设性的事情上。

三、等到压抑红有了自信之后，让他了解自己的性格，知道自己内心的波澜因何而起，洞见自身问题之后，调整原先错误的认知。最后，他会拥有一片真正属于自己的麦田，不是孤独地守望，而是和他亲爱的人一起切实地耕耘。而他最终会发现，那个曾经为之疯狂过的幻象，只是像所有人年少时都会单恋的一个梦一样，在自己的生命中飘忽而过。

有一种约定无须记怀

守约者,其实是在守情;看重约定者,是看重彼此之间的情意。赴约者前往,如对方来了,情投意合,自可再续前缘;如对方不来,不完整的情感,不要也罢。日后,若能做到不谈论、不思量、不纠缠、不反复,不再把重心放在对方身上,活出自己,也算是给对方最好的反击。当然,最高级的反击是不反击,因为情事无常,各有轨迹,究其对错毫无意义,情缘既了,不妨相忘于江湖,彼此拱手祝福。

男人和女人在分手时约定:三年后如果彼此都还单身,就再续前缘。

三年里，男女分隔两地，偶用QQ联系，寒暄一二，撩拨暧昧，不亦乐乎。三年后的那天，男人如约，整好衣冠，一袭白衫，来到那条久违的老街。

看官以为，结果如何？

如若做个调查，让不同性格的人猜测结局：积极乐观者，猜女人必如约前来，有情人终团圆，皆大欢喜；悲情浪漫者，猜女人在赴约途中惨遭不幸撒手人寰，男人此后终生未娶；理性批评者，不肯猜结局，既然不舍，何必当初，平白无故浪费三年；心态平和者，说既然已分手，天意如此，女人来不来其实都无妨。

这是真实的故事：女人没有赴约，男人落寞地参加节目。

遥想当年，范巨卿为履行结拜兄弟张劭的"鸡黍之约"，不惜捐生赴死，以自身之魂魄日行千里，赶去赴约；江南七怪与丘处机相约十八年后醉仙楼比武，在那个没有手机没有邮箱的年代，双方均未辜负十八年之约，彼此互信一场。相比之下，今天的我们就算约下周见面，还要提前一天互通有无，现代科技太发达，助长了看轻约定的可能。

其实，是否确定赴约，与时代无关，只与一件事有关：这个约定对于当事人而言，是否足够重要。江南七怪和丘处机之约，是为了江湖大义，双方一生的名誉都与英烈后代紧密相连，今天谁敢失约，明天就别想在江湖上混了，安能不来？不来赴约，可能是有逼不得已的苦衷，可能这个约定当时不过是缓兵之计，但归根结底，女人之所以不来，只能说明这个约定对她而言已经不重要了。

在性格色彩中，四种性格相对比，在承诺的问题上，红色的承诺常心直口快和注重当下心情的表达，未曾预估事情的难度，故而红色性格的人说"我爱你"，多数意思是我此刻爱你爱到感天动地，但并不代表会一辈子爱你，因为我自己也不知道将来会发生些什么；天性中最一诺千金的性格当属蓝色，他们答应任何事情的时候都极其谨慎，先思量是否可以完成，一旦承诺，必定完成。

一位红色性格女学员F参加我们的性格色彩培训时，诉说了自己的不幸。F在相亲网站认识了一位离异、成熟、多金的外企高管M，两人约会数次后，确定了恋爱关系。不出三月，摩擦不断，吵架最厉害也最令她费解的是某次两人相约去温泉度假。M说："行程安排这种小事俺没时间管，你定即可。"F研究攻略后定下行程，泡温泉半天再转半天山，夜看星空宿于山间。没想到定好后，M诸般不满，怪她自作主张，后来F才知道，M想在温泉住一晚。F不解的是：既然你有主意，为何当初要我定？既然我定了，你又不满意，到底要我如何？M最后才愤而吐露内心真实的想法，他认为：你应该先调查打探好，把所有可行方案报告给我，由我来拍板。

两人长期如此，实在无法沟通，最后分手。分手时，F实在舍不得，说能否冷静考虑下再决定。M许下一个月为期，一个月内互不见面，到期后再决定分或不分。在苦候的一个月里，F无数次纠结是否要主动联系他，是否该提醒他准时赴约。期满之日，M毫无动静，F痛苦万分。

初学性格色彩，F迅速断定M应该是蓝色性格，因为温泉事件似乎是他希望"不用我说什么你也应该明白我想要什么"，而以前看《色眼识人》，书上说蓝色性格是注重默契的、含蓄的、不轻易说出自己想法的，但F实在无法想通：那么注重承诺的蓝色为何会许下了约定最终自己却不来呢？这不是自相矛盾吗？几天深入的研讨会后，她忽然醒悟，原来M并非真正的蓝色，如果是，就不会主动提议一月之约；如果一个月的沉淀之后，还是不确定是否复合，蓝色定会明确告知对方，对自己先前的约定做出交代。

那么M到底是什么性格呢？他到底在想什么呢？如果是黄色，也不会事先设定一个月期限，因为黄色性格的人心肠足够硬，又最清楚知道自己想不想要，如果不要，则毫无必要设定期限给自己一个食言的结果，而是一早就一刀两断。

F 开始重新审视与 M 交往的整个过程，发现 M 的情绪化十分明显，而且一旦发生冲突，他虽然常不说话，但不像真正的蓝色性格那样，可以在极其漫长的时间内隐忍不发。通常他的赌气憋不了几小时，就会借题发挥，开始批判自己这不好那不好，以此来表达不满，这本质上还是一种情绪上对外的宣泄。

回头来看温泉事件，M 的做法实际包含两层动机：一、你应该明白我在想什么 = 你应该强烈地关注我的需求和感受，以至于不需要我说出，你就已经关注到了——这是红色；二、假使你不明白，应该交由我拍板 = 我要做那个掌控最终结果的人——这是黄色。他的情绪化十分强烈，说明是红色为主黄色为辅。而且，在当时，M 不愿面对选择，只是用一个月之约模糊处理，希望一个月以后，对方提出分手，这样自己就如释重负了。

当 F 明白了原来 M 是红 + 黄的性格，终于轻松解开温泉事件之谜：对红 + 黄而言，定行程是小事，他不屑为之，也不会像蓝色那样，关注到每个小环节，而是希望女友能代劳所有琐细事务，像下属一样为他把所有调查工作做好，但他痛恨女友自作主张不尊重他，而且女友所做的决定让他感觉完全没有为他考虑，由此引发严重的情绪化！

理解了 M 是红 + 黄后，F 忽然感到轻松和解脱。作为红色性格为主的人，M 对于约定和承诺之所以不那么能严格遵守，本质上是因为他性格中的情绪化。当他许下约定时，也许真的是想要给彼此一个空间，保留再回头的可能性，但一个月之后，他的心情和想法都变化了，难以赴约，也无法狠下心来断然告诉女人："我们不可能了。"所以采取了逃避的做法。

一念透彻，心静如水，F 感到前所未有的轻松。有那么一种约定，真的无须记怀。

如果你在对方心中足够重要，无须苦等一个月或三年后再来相见。所谓的"约定"，包含了极大的不确定性和对彼此关系的犹豫不决，但又不想完全失去，索性文艺化地留条后路，求个安慰。若是真的彼此爱得死去活来，谁愿分开那么长时间？说白了，找不到比原来约定更好的，不妨再去重新审视约定，而多数情况下，那时早已人事全非。如果对方心中无你，无须织梦，给自己套上约定的枷锁。

守约者，其实是在守情；看重约定者，是看重彼此之间的情意。赴约者前往，如对方来了，情投意合，自可再续前缘；如对方不来，不完整的情感，不要也罢。日后，若然可做到不谈论、不思量、不纠缠、不反复，不再把重心放在对方身上，活出自己，也算是给对方最好的反击。当然,最高级的反击是不反击,因为情事无常,各有轨迹,究其对错毫无意义,情缘既了,不妨相忘于江湖,彼此拱手祝福。

浮世之中,太多人或事会擦肩而过。最终留下来的,就是合适的长久的东西。当不知此约该守不该守时,给自己一个时间的底线,让时间来告诉你真相。

跋

谈谈情，说说色

　　我写这本书的源头还要追溯到《非诚勿扰》。2010年节目最早开播时，我头悬梁锥刺股，每天想着节目上的人与事，然后随时记录下来心得和感受，后来出版了《让你的爱非诚勿扰》。在那本书里，包括了三部分内容：心得、幕后和性格分析。原打算每年都写一本，因为江湖上好多人都说喜欢听我对人和事的分析，说我犀利啊，说我一针见血啊，说我看人挺准的啊，反正好话一箩筐，我每次听到就虚荣心膨胀，照单全收。但有一天，当我翻看过去的节目时，突然醒悟，那些节目上昙花一现的人和读者的生活其实毫无关系。无论多么红极一时，终究如风飘过不留痕迹。人们其实只关心"我正看的这本书到底和我自己有什么关系"。一个永恒的真理是：每个人都最关心自己的问题如何解决。于是我把原书中我认为可流传千古的一些思考拣出万把字，融入本书。所以，如果你看过那本书，在阅读本书时会似曾相识，那是因为有些文章是基于原来框架的延展。

2011年，我担任户外真人秀《不见不散》的主持人兼导师，那是一个纯正的用相亲的形式来展现人际关系和认知自我的节目。因为每期只有一男五女大眼瞪小眼，所以"宫心计"上演得更精致更紧凑，每个人暴露出的性格问题更集中。有趣的是，每个人都会觉得是别人的问题，自己一定没啥问题。我在那个节目里负责层层剥皮，庖丁解牛，给众人看"我们眼中的自己与别人眼中的我们"差异是多么巨大。后来应《新周刊》邀请，我开设专栏《人性的镜子》，用那时的经历分析男女性格的碰撞和世事百态。写专栏，主要是因为我不希望自己花许多时间录制情感类节目，最后啥都没留下。我既无力承受巨大的时间挥霍，又不想留下毫不实惠的"情感专家"的虚名。从那时写的专栏中，我又精选出一小部分文字。

接下来，我需要思考这本书给谁看。众所周知，我研究的专业是性格色彩，写的多数东西都和这门工具的应用有关。如果过于专业和复杂，从未接触过性格色彩的新读者就看不懂；如果弃用性格色彩，纯粹就事论事，无法将复杂事物简单化。换句话说，下回你在生活中遇见另一种情况，依旧会束手无策。而事实上，几个看上去不同的故事，实则是有内在联系和规律的，而掌握规律，可以举一反三、一通百通。所以，这本小书可以让过去还没机会享受到性格色彩妙用的你，一看就懂；让已经享受到性格色彩妙用的你，触类旁通。

如果你是第一次接触性格色彩，在看完本书后，你最大的误区可能是以为性格色彩只适用于恋爱情感问题的剖析解决，而完全没有觉察到性格色彩在其他领域应用的广袤无边。在本书中，我特别在几篇文章中提到父爱母爱，就是希望你能明白，为人父母者善用性格色彩，可以因人而异因色施教；反之，同理，为人子女者善用性格色彩，也可更好地和长辈相处。而性格色彩在其他领域对你的好处，需要你参加研讨会或阅读其他书籍深入学习。

如果你是性格色彩课程的学员，或早就是性格色彩书籍的读者，本书可能造成的困惑是：当你看本书时在个别案例上的不解。譬如，个别故事中主人公的性格，明明是红＋黄，但书中却把它描述成黄色；有的案例表面看是蓝色，但其实应该是压抑红。如果你有这样的困惑，证明你的功力比先前精深很多了，你已经学会揣摩"动机"和"行为"的真正差别。事实上，为了能让更多的初学者读懂性格色彩,我不会在这样大众普及类的图书中,一上手就写得那么复杂,那样会把不了解的朋友都吓跑的。还是那句话,让复杂事物简单化是第一本领。但是,对于已经能够捕捉到细微差别,并且有更多思考和困惑的朋友,大大地恭喜你,下面你要学的是在看似相同的性格中找到差异。

因为我曾做过名震江湖的情感类节目,所以在过去、现在和未来,我都难免会被"情感专家"的阴影笼罩,这让我在很长时间内都无比郁闷,但静心想想,大可不必。情感问题是所有人一生中都要面对的,并且人们一生中最大的心中之苦都与这玩意儿有关。只是相对来讲,男人比女人更不屑承认,追求成功者比乐于平淡者更不愿承认。就像你在看本书时,看到兴起,去拿给你老爸、老公或男友看,他们可能根本屁都不了解,就直接推开,认为只有你这种幼稚无知的清纯者才需要看,他们这种大老爷们儿或在江湖中摸爬滚打多年的人是不需要看的;但你可能不知,等你转头离开时,他会偷偷拾起,板着脸加紧翻阅。

这本书,绝对不是性格色彩解决情感问题最重要的工具书,因为不够系统不够全面,不能涵盖各种情况。我打算花更多时间对你能想到的各种各样性格碰撞的案例和规律进行总结归纳。这本书只是撷取一部分恋爱时情感世界中的普遍问题深入剖析，即便如此，也比网络上疯传的打着我旗号的诸如"乐嘉给女生的28条箴言""乐嘉给天下女人们掏心掏肺的话"要真实靠谱得多。我只有一颗心，不会随便挖的，如果你了解我的为人，看过我的书，就知道，那些话与我半毛钱关系也没有。我解释再多，仍旧枉然，不如留下精力去做最有价值的事。至少，能看到这儿，你我双方都得益了。

　　写作高手的文末总有特别有力的结尾，我没那个本事，就说三件事：一、如果你阅读本书有触动，请把这本书与身边的人共享；二、如果这是你看的第一本性格色彩书籍，你的下一本首先应该是性格色彩入门书；三、看了所有的书，仍旧有很多问题想深入探究，有机会请自己来学习。

乐　嘉
某年某月某日于武夷山

附录：乐嘉性格色彩说明

红色天赋

整体

- 高度乐观的积极心态。
- 喜欢自己，也容易接纳别人。
- 把生命当作值得享受的经验。
- 喜欢新鲜、变化和刺激。
- 经常开心，追求快乐。
- 情感丰富而外露。

- 天真有童心，富有趣味。
- 自由自在，不受拘束。
- 喜欢开玩笑和调侃。
- 别出心裁，与众不同。
- 表现力强。
- 容易受到人们的喜欢和欢迎。
- 生动活泼，好奇心强。

交友

- 真诚主动，热情洋溢。
- 喜欢交友，善于与陌生人互动。
- 富有个人魅力，擅长搞笑，是带来乐趣的伙伴。
- 容易原谅自己和别人，不记仇。
- 乐于助人。
- 有错就认，很快道歉，发生冲突时，能直接表白。
- 喜欢接受别人的肯定，不吝赞美。
- 喜欢通过肢体接触传达亲密情感。

工作

- 富有感染力，能够吸引他人参与。

- 激发团队的热情。
- 令人愉悦的工作伙伴，打破沉闷工作环境的开心果。
- 常在紧张气氛下展现幽默与化解冲突的能力。
- 完成短期目标时，极富爆发力。
- 信任他人。
- 善于赞美和鼓励，是天生的激励者。
- 不喜欢太多的规定束缚，富有创意。
- 反应快，闪电般开始。

红色天性局限

整体

- 情绪波动大起大落，情绪控制人而非人控制情绪。
- 变化无常，随意性强。
- 鲁莽冲动，轻信他人，容易上当受骗。
- 虚荣心强，不肯吃苦，贪图享受。
- 喜欢走捷径，虎头蛇尾，不能坚持。
- 粗心大意，杂乱无章。
- 不肯承担责任，期待别人为自己的人生负责。
- 缺乏自控，毫无纪律。

- 容易原谅自己，不吸取教训。
- 不稳定和散漫。
- 拒绝长大。
- 借放纵来麻痹自己，以忘记痛苦和烦恼。
- 说话少经大脑思考，脱口而出，炫耀自己，夺人话题，不可靠，光说不练。

交友
- 缺少分寸，过度地热情和开玩笑。
- 只想当主角。
- 只谈论自己感兴趣的话题。
- 健忘多变。
- 经常会忘记老朋友。
- 有极强的依赖性，脆弱而不喜欢独立。
- 好心办坏事。
- 对于严肃和敏感的事情也会开玩笑。
- 口无遮拦，不守秘密。

工作
- 跳槽频率高，这山望着那山高。
- 没有规划，随意性强，计划不如变化快。

- 没有焦点，把精力分散在太多的不同方向。
- 过高估计自己的能力，一心多用却一事无成。
- 觉得没有必要为未来做准备。
- 不肯花幕后勤奋工作的代价，来获取更高荣誉。
- 不切实际地希望所有的工作都要有趣味。
- 只能应付短期的紧张状态。
- 很难全神贯注，经常走神。
- 异想天开，难以预料。
- 工作绩效和干劲受到情绪极大的影响。
- 注意力分散，不能专注倾听，喜欢插话。
- 吹牛不打草稿，疏于兑现承诺。

蓝色天赋

整体

- 严肃的生活哲学。
- 沉默寡言，老成持重。
- 注重承诺，可靠安全。
- 谨慎而深藏不露。
- 坚守原则，责任心强。

- 遵守规则，生活井井有条。
- 深沉有目标的理想主义。
- 敏感细腻。
- 高标准，追求完美。
- 谦和稳健。
- 善于分析，富有条理。
- 待人忠诚，富有自我牺牲精神。
- 深思熟虑，三思而后行。
- 坚忍执着。

交友

- 默默地为他人付出以表示关切和爱。
- 享受敏感而有深度的交流。
- 设身处地地体会他人。
- 谨守分寸。
- 对友谊忠诚不渝。
- 真诚关怀朋友的境遇，善于体贴他人。
- 能够记得特殊的日子。
- 朋友遭遇难关时，极力给予鼓舞安慰。
- 很少向他人表达内心看法。

- 除非必要，否则很少谈及个人隐私。
- 经常扮演分析和解决问题的角色。

工作

- 强调制度、程序、规范、细节和流程。
- 做事之前首先计划且严格按照计划去执行。
- 喜欢探究及根据事实行事。
- 先评估风险、障碍及其他状况。
- 喜欢一切事情都按照预期发展。
- 尽忠职守，追求卓越。
- 高度自律。
- 喜欢用表格、数字来验证效果。
- 注重承诺。
- 一丝不苟地进行工作。

蓝色天性局限

整体

- 高度负面的情绪化。
- 猜忌心重，不信任他人。

- 太在意别人的看法和评价，容易被负面评价中伤。
- 容易沮丧，悲观消极。
- 陷于低落的情绪无法自拔。
- 情感脆弱抑郁，有自怜倾向。
- 杞人忧天，庸人自扰。
- 最容易患抑郁症。
- 过于阴沉的面孔，让人感觉压抑，不容易接近。
- 习惯以防卫的状态面对别人。

交友
- 过度敏感，有时很难相处。
- 强烈的不安全感。
- 远离人群。
- 喜好批判和挑剔。
- 吝于宽恕。
- 以为别人能够读懂自己的心思。
- 强烈期待别人具有敏感度和深度，能够理解自己。
- 经常怀疑别人的话，不容易相信他人。

工作

- 原则性强，不易妥协。
- 过度计划和过度未雨绸缪。
- 患得患失，行动缓慢。
- 较真，挑剔他人及自己的表现。
- 专注于小细节，因小失大。
- 吝啬表扬，强烈的形式主义。
- 容易被不理想的成绩击垮斗志。
- 墨守成规，死板教条，不懂变通。
- 为了维护原则缺乏妥协精神。

黄色天赋

整体

- 不达目标誓不罢休，不停地给自己设定目标。
- 把生命当成竞赛。
- 行动迅速，精力充沛。
- 意志坚强。
- 自信、不情绪化，而且非常有活力。
- 坦率，直截了当，一针见血。

- 强烈的进取心，居安思危，不退则进。
- 独立性强。
- 有强烈的求胜欲望。
- 不畏强权，勇敢，并敢于冒险。
- 不易气馁，不在乎外界的评价，坚持自己。
- 危难时刻挺身而出。
- 讲究速度和效率。
- 敢于接受挑战并渴望成功、胜利。
- 不受情绪干扰和控制。

交友

- 给予解决问题的方法，而非纠缠于过去。
- 迅速提出忠告和方向。
- 直言不讳地提出建议。

工作

- 动作干净利落，讲求效率。
- 能够承受长期高强度的压力。
- 强烈的目标趋向，善于设定目标。
- 高瞻远瞩，有全局观念。

- 善于委派工作。
- 坚持不懈，促成活动。
- 执行时能掌握重点。
- 天生的领导者，富有组织能力。
- 竞争越强，精力越旺，愈挫愈勇。
- 寻求实际的问题解决方法。
- 高度以结果为导向。
- 当机立断，善于快速决策并处理所遇到的一切问题。
- 富有责任感。
- 能够直接抓住问题的本质。

黄色天性局限

整体

- 自己永远是对的，死不认错。
- 趾高气扬。
- 只关注自己的感受，不体贴别人的心情和想法。
- 以自我为中心，自私倾向。
- 霸道。
- 脾气暴躁，容易发怒。

- 缺乏同情心，喜欢争辩和冲突，严酷且自以为是的审判者，态度尖锐严厉，批判性强，控制欲强。
- 傲慢自大，目中无人。
- 经常紧绷自己的情绪。

交友

- 大多时候仅保持理性的友谊。
- 讨厌与犹豫不决、能力弱的人互动。
- 除了工作内容，很少交谈其他话题。
- 情感上习惯与人保持一定的距离。
- 很少对人流露出直接诚挚的关怀。
- 需要你的时候才找你。
- 为别人做主。
- 铁石心肠，情绪表现冷淡。
- 毫不敏感，无力洞察他人内心和理解他人所想。
- 缺乏亲密分享的能力。
- 缺乏耐心，是非常糟糕的倾听者。
- 容易让他人的工作或生活步调紧张。

工作

- 生活在无尽的工作当中而不是人群中。
- 数量远比质量重要。
- 目标没有完成时,容易发怒且迁怒于人。
- 寻求更多的权力,有极强的控制欲。
- 拒绝让自己和他人放松。
- 完成工作第一,人际关系第二。
- 为了自己的面子,不妥协且毫不认错。
- 对于竞争结果过分关注而忽略过程中的乐趣。
- 武断、刚愎自用且一意孤行。
- 很难慢下来,缺少生命乐趣的工作狂。
- 未明察实际情况就急于改变,急于求成。
- 粗线条,简单粗暴。
- 缺乏耐性,抗拒批评。
- 不习惯赞美别人。
- 说话有时咄咄逼人。
- 不太能体谅他人,对行事模式不同的人缺少包容。

绿色天赋

整体

- 爱静不爱动,有温柔祥和的吸引力和宁静愉悦的气质。
- 和善的天性,做人厚道。
- 追求人际关系的和谐。
- 奉行中庸之道,为人稳定低调。
- 遇事以不变应万变,镇定自若。
- 知足常乐,心态轻松。
- 追求平淡的幸福生活。
- 有松弛感,能融入所有的环境和场合。
- 从不发火,温和、谦和、平和"三和一体"。
- 做人懂得"得饶人处且饶人"。
- 追求简单随意的生活方式。

交友

- 从无攻击性。
- 富有同情和关心。
- 宽恕他人对自己的伤害。
- 能接纳所有不同性格的人。

- 和善的天性及圆滑的手腕。
- 对友情的要求不严苛。
- 处处为别人考虑，不吝付出。
- 与之相处轻松自然又没有压力。
- 最佳的垃圾宣泄处，鼓励他们的朋友多谈自己。
- 从不尝试去改变他人。

工作
- 高超的协调人际关系的能力。
- 善于从容地面对压力。
- 巧妙地化解冲突。
- 能超脱政治斗争之外，没有敌人。
- 缓步前进以取得思考空间。
- 善于为别人着想。
- 创造稳定性。
- 用自然低调的行事手法处理事务。
- 以柔克刚，不战而屈人之兵。
- 避免冲突，注重双赢。
- 心平气和且慢条斯理。
- 最佳的倾听者，极具耐心。

- 擅长让别人感觉舒适。
- 松弛大度，不疾不徐。

绿色天性局限

整体

- 按照惯性来做事，拒绝改变，对于外界变化置若罔闻。
- 懒洋洋的作风，原谅自己的不思进取。
- 懦弱胆小，纵容别人欺压自己。
- 期待事情会自动解决，完全守望被动。
- 得过且过。
- 莫名地害怕人际的冲突。
- 无原则地妥协，不负责任。
- 不愿意争取应该得到的利益。
- 逃避问题与冲突。
- 太在意别人的反应，不敢表达自己的立场和原则。
- 没有自我，迷失人生的方向，缺乏激情。

交友

- 不负责任地和稀泥。

- 姑息养奸的态度。
- 压抑自己的感受以迁就别人。
- 期待让人人满意,对自己的内心不忠诚。
- 漠不关心,懒于参与任何活动。

工作

- 安于现状,不思进取。
- 甘于平庸,缺乏创意。
- 害怕冒风险,缺乏自信。
- 拖拖拉拉。
- 缺少目标。
- 缺乏自觉性。
- 懒惰而不进取。
- 马虎敷衍。
- 宁愿做旁观者也不肯做参与者。
- 如同一拳打在棉花上,毫无反应。
- 没有主见,把压力和负担通通转嫁到他人身上。
- 不会拒绝他人,给自己和他人都带来无穷麻烦。
- 行动迟钝,慢腾腾。
- 避免承担责任。

性格色彩培训学院课程介绍

线上课程

"乐嘉性格色彩入门"60讲

最快且最全面进入博大精深的性格色彩学的首选路径。助你快速进入性格色彩的世界,初探性格色彩的基本概念,快速掌握性格色彩在职场、交友、婚恋、亲子等各领域的应用。

"乐嘉性格色彩恋爱宝典"40讲

市面上有太多书籍或课程,提供给你种类繁多的恋爱方法和技巧,但只要你掌握了性格色彩,就能一通百通。既能拨开自己在恋爱过程中的所有迷雾,也能让你秒变为朋友的情感顾问。

"乐嘉性格色彩婚姻宝典"40讲

婚前、婚后,你都需要它。如果还未结婚,如何选择适合自己性格的伴侣?如果已经走入围城,是否有方法让性格迥异的人找到最佳相处之道?答案就在其中。

"你们的性格合不合" 55 讲

不同性格的人相处时会碰撞出不一样的火花,遇到的问题也有所差别。通过大量性格碰撞的典型案例,了解不同性格的搭配规律,以及各种性格的相处模式。

线下课程

● **跟乐嘉学性格色彩**(3 天 3 夜)

零基础即可参加的性格色彩专业课程,结合理论与实战,乐嘉老师运用他超凡的功力,让你在短短三天内获得深刻体验,脱胎换骨。

▶ 专业学习——从性格色彩的基本概念到运用心得,乐嘉老师以及资深导师们给你第一手的资讯、最实用的干货。

▶ 实战指导——有机会得到资深导师们的精心培育和乐嘉老师的亲自点评,如果你对性格色彩感兴趣,如果你有问题要解决,这门实战课程不可错过。

● **跟乐嘉学演讲**（4天4夜）

无论你是演讲菜鸟，还是演讲达人，这门课程都可以让你在舞台上拥有超凡魅力，走上超级演说家之路。

▶ 突破自身演讲局限——你可能不知道，你所有演讲中的问题都与你自身的性格有关，洞悉性格奥秘，可以帮助你克服演讲中的所有问题。

▶ 塑造你的演讲风格——不同性格的演讲者，适合的演讲方式不同，唯有这门课程，可根据你的性格为你量身打造属于你的演讲风格。

台上台下皆江湖

乐嘉　性格色彩传道者

性格色彩创始人 / 演说家 / 演讲教练 / 电视主持人 / 图书主编 / 作家

1975年生人

居无定所，讲学江湖

性格色彩创始人

- ▶ 2001年，创立"FPA®性格色彩"，创办中国性格色彩培训中心，为不同类型的组织提供培训咨询，将性格色彩学的应用，延伸到企业的各层面，曾经服务过的客户包括国企、外企、民企、政府及各类非营利性机构。
- ▶ 2003年，"FPA®性格色彩"用"动机论"代替了"行为论"，标志着"FPA®性格色彩"与其他性格分析体系的正式区分。
- ▶ 2008年，奠定了性格色彩"洞见""洞察""修炼""影响"四大专业方向，共同构成性格色彩学最重要的四大支撑体系。
- ▶ 近年来，培养出上千名活跃在各地各行业的性格色彩认证培训师、性格色彩认证演讲师和性格色彩认证咨询师。
- ▶ 同时担任上海大学悉尼工商学院、上海大学温哥华电影学院、西北大学经管学院和河海大学的客座教授，不定期为 EMBA、MBA、MPA、MFA 及各类总裁班举办培训。

演说家
- ▶ 自 1996 年开始踏上演讲舞台，二十余年演讲生涯中，国内外大小演讲超过两千场，直接受众超过两百万。
- ▶ 演讲风格极富现场穿透力和感染力，加之天生的激情和高超的舞台表演技巧，塑造出讲台上前所未有的风格。他能将复杂的心理学理论以戏剧化且震撼心灵的手法呈现给观众，被誉为"思想性与表现力共存的天才演讲家"。
- ▶ 演讲主题围绕性格色彩应用的各个领域，举凡与人相关之处，无所不包，覆盖面广泛。
- ▶ 比较有影响力的大型演讲包括：自 2011 年开始，每年选择部分大学开展"嘉讲堂全国大学校园巡回演讲"；2011 年，在国家行政学院大讲堂，有 700 位来自各地的厅局级以上领导干部共同参加了培训，是国家行政学院有史以来规模最大的一次专家讲座。2012 年，在悉尼市政厅，完成了澳洲最大规模的华人演讲；在温哥华剧院，完成了加拿大最大规模的华人演讲。2015年，在剑桥大学彭布罗克学院，做了剑桥历史上听众人数最多的一次华人演讲。

演讲导师

▶ 创办六字真言演讲训练学院，开创了"六字真言演讲训练法"。能短时间内迅速提升个人演说能力，强化舞台上的个人影响力，拥有随时随地即兴演讲的能力，还可以让每个人的演讲都触动人心。

▶ 长期担任全国各类企业家演讲大赛、公务员演讲大赛和行业演讲大赛的评委团主席，是上海青年创业家的培训总顾问，也是团中央举办的"全国中学生演讲大赛"及"全国中学生辩论大赛"的评委团主席。

▶ 自2014年开始，在安徽卫视的《超级演说家》和北京卫视的《我是演说家》中连续六季担任演讲导师。

电视主持人

▶ 2010—2013年　江苏卫视相亲交友节目《非诚勿扰》嘉宾主持该节目连续三年创中国综艺节目收视率第一。作为成名之作，乐嘉自此蜚声海内外，以犀利的点评在电视屏幕上独树一帜，家喻户晓。

▶ 2010年　深圳卫视《别对我说谎》主持人

乐嘉做独立主持人的处女作,心理探究真人秀节目。

▶ 2011年　江苏卫视《老公看你的》信心主判官

夫妻默契博弈秀。

▶ 2011年　江苏卫视《不见不散》导师兼心理专家

恋爱纪实节目,国内首档真正意义上的户外真人秀节目。

▶ 2013年　深圳卫视《夜问》主持人

一档专门为性格色彩打造的综艺谈话节目,以综艺谈话为皮,传播性格色彩为瓤。

▶ 2013年　央视综合频道《首席夜话》主持人

名人访谈节目,主要收视群体为企业家、高知、政府公务员。

▶ 2013—2015年　安徽卫视《超级演说家》导师

《非诚勿扰》后,最能展现乐嘉才华的节目,以无与伦比的实力,证明他是中国最具电视表现力的演讲导师。

▶ 2014年　北京卫视《妈妈听我说》主持人

中国第一个凸显儿童话语权的亲子节目。

▶ 2014年　安徽卫视《超级先生》主持人

男性魅力真人秀。

▶ 2014—2016年　北京卫视《我是演说家》导师

《超级演说家》姊妹篇。

▶ 2015年　优酷视频《双擎·独嘉秘笈》主讲人
史上第一个性格色彩脱口秀节目，共12期，每期10分钟。

▶ 2015年　央视综合频道《了不起的挑战》常驻嘉宾
央视第一个大型户外明星挑战真人秀。

▶ 2016年　北京卫视《长大成人》成长导师
在珠峰录制的十八岁少年成人礼，是迄今为止全球录制海拔最高的综艺节目。

▶ 2016年　北京卫视《跨界喜剧王》表演嘉宾
充分展现了乐嘉跨界的才华和喜剧表演的天赋。

▶ 2016-2017年　湖北卫视《你就是奇迹》嘉宾主持
全国首档大型创投节目。

▶ 2018年　腾讯视频《超凡小达人》主持人
《美国达人秀》的中国儿童版，荣膺亚洲多媒体艺术创意大奖中国区最佳儿童节目。

图书主编

创立性格色彩图书中心，致力于通过各个角度普及和传播各方人士的性格色彩研究成果和运用心得。

其中，"色界"是乐嘉亲自主编的第一套大型性格色彩应用书系。书中每篇文章的作者都是来自全球各地的性格色彩传道者，通过运用性格色彩这一工具，都在事业和生活上取得了卓越的成效。

已经出版：
- 2014 年《色界——活得舒坦并不难》
- 2015 年《色界——说话说到点子上》
- 2016 年《演说家是怎样炼成的》
- 2016 年《100 倍的人生智慧——性格色彩观电影》
- 2017 年《色界——和谁都能聊得来》
- 2018 年《性格色彩品红楼》
- 2018 年《性格色彩品三国》
- 2018 年《原罪——一个心理咨询师的死亡背后》

作家

国内实用心理学领域最有影响力和销量最大的作家。在当当网"图书—人文社科—心理学"分类中，由于他的贡献，史无前例地开创了"性格色彩学"分类。迄今，已出版作品总销量逾 700 万册。

- 2006 年《色眼识人》

  性格色彩关于性格分类的必读基础书，全面地阐述了四种性格的优势和弱点，是所有性格色彩著作的奠基石。

- 2010 年《色眼再识人》

在《色眼识人》的基础上，继续深度分析四种性格的弱点和每种性格潜藏的内心动机。与前者合二为一，可初步完成对四种性格色彩的了解。

▶ 2011年《跟乐嘉学性格色彩》

性格色彩最简易的漫画版入门读物。

▶ 2013年《本色》

史上首创"自剖录"文体，通过20个不同角度的凶狠凌厉、刀刀入骨的自我剖析，向读者展现并且示范了如何通过洞见自我来获得内心真正的力量。

▶ 2015年《写给单身的你》

想恋爱的人用这本书脱单，找到合适的人；正恋爱的人用这本书学习良性相处；不想结婚的人用这本书化解外界压力，享受自己的生活；已婚者用此书读懂彼此。

▶ 2016年《淡淡》

乐嘉遭遇意外事故后不幸蛋碎，以此为契机，本书详细描绘了一个男人如何面对尊严践踏并涅槃重生的全过程。全书随处流露出乐观与豁达的态度，激励人们面对困难与挑战，从容勇敢，淡然以对。

▶ 2017年《跟乐嘉学性格色彩Ⅱ》

性格色彩最简易的漫画版入门读物。

- 2018年《三分钟看透人心——性格色彩卡牌秘籍》

  本书揭秘了性格色彩学的镇山之宝——"性格色彩卡牌"的原理和使用。

- 2018年《写给恋爱的你》

  继《写给单身的你》之后,乐嘉性格色彩情感三部曲的第二部,堪称性格色彩恋爱宝典。

- 2020年《小乐子的人生智慧1》

  乐嘉生命感悟小随笔,有思想、有故事、有趣味,阅读轻松的马桶读物。

- 2020年《小乐子的人生智慧2》

  乐嘉生命感悟小随笔,有思想、有故事、有趣味,阅读轻松的马桶读物。

- 2020年《"色"眼看世界——乐嘉性格色彩杂谈》

  性格色彩专业随笔。包括文化、世相、职场、情感四章,未入门者,会觉得读起来门道神奇,不明觉厉;稍入门者,读起来如饮甘饴,玄妙无穷。

图书在版编目（CIP）数据

有一种约定无须记怀：乐嘉性格色彩情感随笔 / 乐嘉著．—杭州：浙江文艺出版社，2020.1
ISBN 978-7-5339-5859-6

Ⅰ.①有… Ⅱ.①乐… Ⅲ.①随笔-作品集-中国-当代 Ⅳ.①I267.1

中国版本图书馆CIP数据核字（2019）第221669号

责任编辑 金荣良
特约编辑 苑浩泰
装帧设计 鹏飞艺术

有一种约定无须记怀：乐嘉性格色彩情感随笔
乐嘉 著

出版	浙江文艺出版社
地址	杭州市体育场路347号
邮编	310006
网址	www.zjwycbs.cn
经销	浙江省新华书店集团有限公司
制版	鹏飞艺术
印刷	北京天恒嘉业印刷有限公司
开本	960毫米×640毫米　1/16
字数	108千字
印张	12
印数	00001-10000
版次	2020年1月第1版　2020年1月第1次印刷
书号	ISBN 978-7-5339-5859-6
定价	35.80元

版权所有　违者必究
（如有印、装质量问题，请寄承印单位调换）
团购电话：0571-85064309